THOMAS LETOCHA

# Ich knittere nicht, ich lache nur



GOLDMANN
Lesen erleben

*Buch*

Was soll ich sagen? Ich hätte auch nicht gedacht, dass ich noch mal einen ganz besonderen Mann kennenlernen würde: Rudolf, 79 Jahre alt. Ich bin mir sicher, dass er derjenige ist, mit dem ich gemeinsam in die Zukunft gehen will. Ich bin fast 82 Jahre alt. Na und? Ich freue mich auf noch viele glückliche Jahre mit ihm. Dabei hat es in letzter Zeit gar nicht danach ausgesehen, dass alles ein gutes Ende findet. Zu viel ist passiert. Ein einziges großes Schlamassel.

Auch wenn wir uns vom ersten Moment an mochten, wurde aus Rudolf und mir nicht sofort ein Paar. Ich bitte Sie, wir sind doch keine Teenager mehr. Wir haben beide viele Falten, da geht nicht mehr alles so glatt. Aber schließlich hat die Liebe gesiegt, und ich bin zu ihm gezogen in sein kleines Häuschen, das hoch oben auf einer Klippe am Meer steht.

Eines Abends bekamen wir überraschend Besuch von Georg, einem Freund Rudolfs. Diese Begegnung änderte alles. So ging Rudolf schon morgens früh aus dem Haus, ohne mit mir zu frühstücken. Das war völlig ungewöhnlich. Überhaupt veränderte er sich immer mehr. Ich merkte, dass ihm etwas große Sorgen machte. Aber mir gegenüber gab er sich verschlossen. Ich wollte, ja, ich musste den Dingen auf den Grund gehen, und deswegen beschloss ich – was blieb mir denn anderes übrig? –, Rudolf hinterherzuspionieren. Ich konnte ja nicht wissen, dass ich damit in ein höchst turbulentes Abenteuer schlittern würde …

Informationen zu Thomas Letocha und weiteren Titeln
des Autors finden Sie am Ende des Buches.

Thomas Letocha

# Ich knittere nicht, ich lache nur

Ein Oma-Else-Roman

GOLDMANN

1. Auflage
Originalausgabe Juli 2016

Neumarkter Str. 28, 81673 München
Gestaltung des Umschlags: UNO Werbeagentur München
Umschlagfoto: © Rudi Hurzlmeier
Redaktion: Gerhard Seidl
BH · Herstellung: Str.
Satz: omnisatz GmbH, Berlin
Druck und Bindung: GGP Media GmbH, Pößneck
Printed in Germany
ISBN: 978-3-442-48457-7
www.goldmann-verlag.de

# *Eins*

Schafe! Es waren Schafe über Schafe, weit hinten in der Ferne am Horizont. Die Tiere bildeten eine riesige weiße Welle, die sich langsam in Bewegung setzte und sich dann unaufhaltsam auf mich zubewegte. Ich stand wie versteinert da, fasste mir ans Herz, schnappte nach Luft. Ich versuchte, das Zittern meines linken Arms zu unterdrücken, indem ich ihn mit der rechten Hand fest umklammert hielt. Kyra neben mir hatte Sitz gemacht und die Ohren gespitzt. Sie war ein frecher, übermütiger Hund, der gerne tollte, das Wasser liebte, aber noch mehr das Fressen. Aber vor allem kannte sie keine Angst. Mit einem Seitenblick konnte ich in diesem Moment in ihren Augen jedoch so etwas wie Panik erkennen. Sie jaulte auf. Mir wurde mulmig, ich setzte mich auf einen niedrigen Baumstumpf, die einzige Sitzgelegenheit weit und breit in der Unendlichkeit der Hügellandschaft aus grünem Gras und blauem Himmel.

Die Schafe kamen näher und näher. Der Hund neben mir blickte mich mit großen Augen an, hechelte unruhig, so als wollte er mich fragen, ob es nicht langsam Zeit zur Flucht wäre. Aber ich wusste, dass ich keine Chance haben würde. Nie und nimmer. Ich war über achtzig Jahre alt, und bei meinen nicht mal 1,60 Meter Körpergröße taugten meine beiden kurzen Beine nicht zum schnellen Abhauen. Schon gar nicht über Moos, durch tiefes Gras hindurch oder dichtem Gebüsch ausweichend. Aber der Hund, der hätte eine Chance.

»Kyra, los, lauf!« Ich nickte ihr aufmunternd zu, klatschte in die Hände, doch sie rührte sich nicht von der Stelle. »Jetzt lauf schon. Du siehst, die Schafe überrennen uns.« Aber die brave Kyra neben mir zeigte keinerlei Reaktion und blieb einfach sitzen. Das war wirklich gelebte Solidarität. Ich war gerührt.

Auch wenn von den Schafen aus der Ferne seltsamerweise nichts zu hören war, kein Laut drang zu mir, konnte ich sie nun über die Entfernung genauer erkennen. Schöne Tiere, weiß mit ein paar schwarzen Farbtupfern unter ihnen – eine enorme Herde. Eine unbändige Kraft, wie vielleicht früher im Wilden Westen, wenn die Bisons durch die Prärie pflügten. Natürlich waren die Schafe erheblich kleiner, aber als sie zu Hunderten, nein zu Tausenden auftauchten, bildeten sie eine Wucht, der man sich lieber nicht entgegenstellen wollte. Niemand würde sie jemals zählen können. Eine weiße Lawine mit unendlich vielen Beinen. Ich weiß auch nicht, was mich dazu brachte, aber ich begann mit dem Zählen.

»Eins, zwei, drei, vier …« Kyras Jaulen neben mir ging in ein hektisches Bellen über. Der Hund warf mir einen letzten Blick zu, einen Abschiedsblick, und gab dann Fersengeld, so schnell er konnte. Das war's dann mit der Solidarität. Nach ein paar Metern stoppte Kyra noch mal, um mich mit einer hektischen Kopfbewegung zum Mitkommen aufzufordern. Aber wie gesagt … was sollte ich machen, in meinem Alter? Der Hund rannte weiter, und ich drehte mich um zu den Schafen. Noch mal von vorn. »Eins, zwei, drei, vier, fünf …«

Eine tiefe, angenehme Stimme mit einem sonoren Klang brachte mich aus dem Rhythmus des Zählens. Die Stimme rief etwas, aber so leise, dass ich es nicht verstehen konnte. Also zählte ich weiter, musste allerdings abermals von vorn beginnen. »Eins, zwei, drei, vier …« Dann wieder die Stimme. Dieses Mal lauter. Ein wunderbarer Ton, leicht vibrierend. Ich kannte diese Stimme, sie kam mir vertraut vor. Und in dem Moment verstand ich auch, was die Stimme rief: »Else!« Sie rief meinen Namen. Ich blickte mich um, aber da war niemand. Nur die Schafe und in der Gegenrichtung, schon ziemlich weit in der Ferne, ein kleiner heller Punkt, der sich immer weiter entfernte: Kyra. War ich übergeschnappt? War ich durchgedreht?

»Else. Schatz. Was ist denn?«

Mir wurde schummrig, ich verstand überhaupt nichts mehr und wollte nun auch losrennen. Aber eine magische Hand hielt mich fest. Hilfe! Ich wollte schreien, brachte aber keinen Ton heraus. Es schüttelte mich, besser gesagt, ich wurde geschüttelt. Dazu die Stimme. »Else!« Die Schafe in der Ferne verschmolzen zu einer milchigen Unschärfe, das Grün der Hügel und Täler, alles vermischte sich zu einer überdimensionalen, sich drehenden Spirale und löste sich dann in einem gleißenden Licht auf.

Vorsichtig öffnete ich die Augen. Helles Tageslicht blendete mich, und ich zwinkerte zunächst ein bisschen, links, rechts, bis ich beide Augen ganz öffnen konnte. Vor mir stand Rudolf und schaute mich an. Voller Besorgnis.

»Hattest du einen Albtraum?«

»Es war schon seltsam.«

»Warum?«

»Ich wurde verfolgt.«

»Von wem? Von einem Monster?«

»Nein, von Schafen.«

Rudolf legte die Stirn in Falten. »Ich hab mir Sorgen um dich gemacht. Du hast um Hilfe geschrien.«

»Habe ich nicht.«

»Doch, das hast du.«

»Hab ich nicht. Das hätte ich gehört.«

»Du hast doch geschlafen. Wie willst du da was gehört haben?«

»Also wenn ich geschrien hätte, wäre ich davon wach geworden«, meinte ich trotzig.

»Bitte, Else, das ist blanker Unsinn.«

»Aber ich rede sonst nicht im Schlaf.«

»Bei Schafen eben schon!«

Ich gab nach, wusste, dass Rudolf wohl recht hatte, und setzte mich im Bett auf. »O mein Gott. Wie spät ist es denn?«

»Schon nach neun.«

Er beugte sich zu mir vor und küsste mich kurz auf die Stirn. »Guten Morgen.«

Ich lächelte ihn an. »Du hast mir das Leben gerettet, Liebster. Danke.«

Er lachte laut auf. »Ich habe die Schafe besiegt. Wenn das mal nichts ist.« Er wedelte mit einer Hand und eilte dann aus dem Zimmer. Im Gehen drehte er sich noch mal um. »Gleich gibt es Rührei. So wie du es magst. Mit Kräutern, Käse und ein paar Tomaten. Also raus aus den Federn!«

Herrlich! Ich hatte diesem göttlichen Rührei aus Rudolfs Händen, mit dem er mich immer wieder verwöhnte, den Namen »K & K« gegeben. »K & K« für köstlich und kaiserlich gut.

Es heißt, dass Menschen, um einschlafen zu können, bisweilen Schafe zählen. Aber beim Aufwachen Schafe zu zählen, das machen bestimmt nicht viele oder wahrscheinlich sonst niemand auf der ganzen Welt. Nur ein Mensch macht so was … ich, Oma Else.

# Zwei

Mein Name ist Oma Else, auch wenn ich gar keine Kinder habe, geschweige denn Enkel. Leider. Trotzdem werde ich hin und wieder Oma Else genannt, vielleicht wegen meiner grauen Haare. Meinem verstorbenen Mann Robert und mir waren keine Kinder vergönnt. Der liebe Gott hatte uns, was das betraf, einfach nicht berücksichtigt. Dennoch führten wir zwei, Robert und ich, ein beschauliches und wunderbares Leben. Über viele Jahrzehnte hatten wir nur uns, wir waren glücklich miteinander. Dann eines Tages, vor etwa anderthalb Jahren, passierte das Unvorstellbare. Mein geliebter Mann starb plötzlich an einem Herzinfarkt. Was für mich folgte, war eine bittere Zeit der Einsamkeit. Ich hatte niemanden mehr. Mein geliebter Mann war tot, und meine beiden einzigen engen Freundinnen verschwanden auch aus meinem Leben. Die eine, weil sie in ein Land des Vergessens abtauchte, sie wurde dement, die andere, weil ich erfahren musste, dass sie mich über lange Jahre hinweg betrogen hatte. Aus, vorbei.

Es dauerte viele Monate, bis ich wieder neuen Lebensmut gefunden hatte und auch neue Freunde. Aber eins schien für mich völlig klar. Nie wieder sollte es einen Mann in meinem Leben geben. Also keinen richtigen Mann, keine neue Liebe. Auch wenn ich mich innerlich danach sehnte, verbot ich es mir umso mehr. Ist es denn nicht unschicklich, sich mit über achtzig noch mal zu verlieben, eine neue Beziehung einzugehen? Das war meine tiefste Überzeugung. Doch eines Tages hatte ich eine gänzlich andere Antwort auf diese Frage: Nein, ist es nicht, verdammt noch mal!

Rudolf hatte ungefähr mein Alter, genauer genommen war er ein bisschen jünger. Drei Jahre. Warum nicht? Was waren schon drei Jahre, auf die ganze Lebensstrecke gerechnet?

Rudolf war fast genauso klein wie ich – wir waren beide nicht viel größer als Kinder bei der Einschulung. Er hatte wuschelige Haare und trug eine Nickelbrille. Als ich ihn kennenlernte, vor etwa einem halben Jahr, war ich vor allem von seiner tiefen, sonoren Stimme fasziniert. Er trat in mein Leben wie ein Opernsänger. Aber ohne Oper bitte! Besser gesagt, singen konnte er nicht. Aber er tat es hin und wieder ganz gerne. Und es war mein großer Fehler, dass ich es nie gewagt habe, ihm zu gestehen, dass sein Gesang so scheußlich war, dass man damit Menschen foltern könnte. Oder Milch zum Gerinnen bringen. Aber ich dachte, ich liebe ihn, und das war Grund genug, warum ich nie etwas gesagt habe. Ließ ich ihn halt singen.

Eine neue Liebe. Wie wunderbar war das denn?! Ich sag Ihnen, auch eine alte, schon ziemlich faltige Haut kann zur Gänsehaut werden, wenn sich die Welt rosarot färbt. Vom ersten Augenblick an gab es eine starke innere Stimme, die mir sagte, dass dieser Mann ein ganz besonderer Mann sein musste. Und er wiederum hatte auch sofort angefangen, um mich zu werben. Das war großartig. In meinem Alter so umgarnt zu werden. Dabei waren charmante

Worte gar nicht Rudolfs Sache. Aber ich habe hinter seinen hölzernen Sätzen immer eine süße Absicht gespürt.

Einfach habe ich es ihm anfänglich nicht gemacht, immerhin war ich eine Dame, und so viele Jahre hatte ich nicht mehr vor mir. Da wollte ich schon ganz sicher sein. Und ich habe natürlich meinen verstorbenen Mann Robert um seine Meinung gefragt. Und um seine Erlaubnis. Und wie habe ich das getan? Ganz einfach, ich hab leise an ihn gedacht und habe ihn dann laut gefragt. Bei einem Waldspaziergang alleine unter all den Bäumen, die sich gen Himmel reckten. Und er hat mir aus dem Jenseits ein Zeichen geschickt. Ein kleines gestreiftes Eichhörnchen ist direkt vor mir über den Weg gehoppelt, plötzlich stehen geblieben und hat mich mit großen Augen angeguckt. Robert und ich, wir beide haben immer Eichhörnchen geliebt, diese putzigen kleinen Wesen. Und natürlich hat das Eichhörnchen nicht direkt genickt, sondern hektisch ein paar Nüsse gefressen und dabei den Kopf bewegt. Aber für mich sah es aus wie Nicken. Nun ja, vielleicht war es ein bisschen weit hergeholt, aber ich war überzeugt, dass mein verstorbener Mann wollte, dass ich glücklich werde. Mit einem anderen Mann. Und so ist aus Rudolf und mir vor knapp drei Monaten ein Paar geworden.

Rudolf lebte, schon als wir uns kennenlernten, in seinem kleinen, verwinkelten Häuschen oben auf einem Kliff. Er hatte es sich mit all seinem zusammengekratzten Geld vor zehn Jahren gekauft. Darunter, etliche Meter unterhalb der Dünen, am Fuße einer steil abfallenden Küste war das bisweilen wilde Meer mit dem mehr oder weniger ständigen Rauschen der Brandung. Hier im Norden Deutschlands wehte zudem immer ein frischer Wind. Aber nichts konnte uns beide von unseren geliebten Spaziergängen abhalten. Ganz abgesehen davon, dass auch Kyra ihr Recht einforderte.

Kyra gehörte eigentlich Janis, der Enkelin von Rudolf. Aber da diese mit ihrem neuen Freund seit ein paar Monaten um die Welt schipperte, hatte sie den Hund bei uns sozusagen geparkt. Wir gönnten ihr die Reise und fanden es zugleich toll, dass Kyra bei uns war. Auch sie hatte uns, hatte auch mich ins Herz geschlossen. Das lag vor allem an den Leckerlis in meiner Jackentasche. Da brauchte ich mir gar nicht in die Tasche zu lügen.

Als Rudolf und ich uns kennenlernten, uns näherkamen, hatte ich keine Wohnung mehr. Und so nahm ich nach kurzem Zögern sein Angebot an, zu ihm in sein Häuschen zu ziehen. Da war anfänglich nichts zwischen uns, ganz ehrlich. Wir waren nur Freunde. Ich bin ins Gästezimmer gezogen. Was denken Sie denn?! Später dann, als wir beide uns unsere Liebe gestanden haben, bin ich zu ihm gezogen. In sein Schlafzimmer. Aber erwarten Sie bitte nicht, dass ich Ihnen hier irgendwelche Schlüpfrigkeiten erzähle. Außerdem schliefen wir nach kurzer Zeit wieder getrennt. Auch aus Liebe. Einer von uns beiden machte ziemlich starke Geräusche beim Schlafen. Ein Schnarchen wie ein modernes Konzert, aufgeführt von einem Orchester aus erkälteten Blechbläsern. Um etwas zu verraten: Ich war es nicht. Natürlich hätte ich ihm nie, wie verzweifelt ich auch gewesen sein mochte, ein Kissen aufs Gesicht drücken können. Aber ich wollte auch nicht morgens aufwachen und mich fühlen wie ein Bauarbeiter nach einer anstrengenden Nachtschicht am Presslufthammer. Ich hatte genügend Falten um die Augen, ich brauchte keine zusätzlichen Ringe. Also schliefen wir bald wieder getrennt.

Aber das änderte nichts an unserer Liebe. Rudolf war der Fels in der Brandung meines Lebens. Bei ihm fühlte ich mich gut aufgehoben, fühlte mich sicher. Ich liebte ihn, auch wenn er mich gelegentlich wahnsinnig aufregen konnte. Tut mir leid, das zu sagen, aber so war es. Dieser Mann tickte hin und wieder, sagen wir … seltsam.

# Drei

Meinst du nicht, dass das Unglück bringt? Das ist kein gutes Vorzeichen, sage ich dir.«

»Nein, das meine ich nicht. Ganz und gar nicht.«

Ich saß am Küchentisch. Rudolf stand vor mir mit einem köstlich duftenden Rührei auf einem Teller und schaute mich mit großen Augen an. Hatte ich schon erwähnt, dass mein Liebster zum Schwarzsehen neigte? Und das gepaart mit einem gewissen Aberglauben, das konnte mich wahrlich aufregen.

»Aber das war eins von den vier neuen Gläsern, die ich gerade erst gekauft habe. Die, die dir so gut gefallen haben.«

»Jetzt haben wir immer noch drei. Du kannst also eins nachkaufen, wenn es unbedingt vier sein müssen.«

»Aber vielleicht gibt es die nicht mehr. Das weiß man nie! Ausverkauft!«

»Ja, und vielleicht bricht morgen hier ein Vulkan aus!«

»Was? Hier bei uns?«

»Rudolf, das war nur ein Bild, um dir zu verdeutlichen, dass immer etwas passieren kann.«

»Sag ich doch.«

»Aber nichts passieren muss.«

»Na ja, ich weiß nicht.«

»Ich weiß nur, dass hier gleich etwas ganz anderes passiert. Und zwar, wenn du mir nicht endlich das Rührei gibst. Bitte.«

»Das was?«

»Das Rührei, das du in der Hand hast. Herrschaft, soll ich es vielleicht kalt essen?«

Er lächelte verlegen und stellte mir den Teller mit dem Ei hin, dazu etwas warmen Toast und leicht gesalzene Butter. Er selbst holte sich auch einen Teller und setzte sich mir gegenüber.

Ich lächelte ihn an und drückte ihm die Hand. »Danke!«

Kyra hatte sich neben den Tisch so in Position gesetzt, dass sie jeden Bissen von uns beiden genau verfolgen konnte. Sie hatte als schlauer Hund gelernt, dass wir ihr nie etwas vom Tisch geben würden. Also waren die großen Augen, die sich langsam mit Tränen füllten und uns glänzend anstarrten, nur dazu gedacht, uns ein schlechtes Gewissen zu machen. Man könnte auch teilen, wollten diese Augen sagen. Als Mischling trug Kyra genügend Gene irgendeiner verfressenen Rasse in sich. Einer, die immer und überall nach allem Hunger hat.

Das neue Glas war Rudolf runtergefallen, als er wieder mal hektisch herumhantierte; es war direkt von der Kante der Küchenablage gerutscht, als er den Salzstreuer suchte. Dabei ist er mit einem Ärmel seines etwas zu großen Baumwollhemds an einer Kante hängen geblieben, wollte sich befreien, eine ungeschickte Bewegung … Bingo! Überhaupt war mein Liebster an diesem Morgen auffällig nervös und unruhig. Nicht, dass er sonst die Ruhe selbst gewesen wäre, aber an diesem Morgen war er besonders durch den Wind.

»Rudolf, was ist mit dir?«

»Was soll sein? Ich weiß gar nicht, was du meinst«, tat er meine Frage ab.

Ich hakte mich bei ihm ein und streichelte ihm über den Arm.

Er machte sich von mir frei und schaute mich an. Er schluckte. »Weißt du, Else, wie lange wir beide schon ein Paar sind?«

Ich überlegte. »Ja, ich denke, drei Monate.«

»Nein. Das stimmt nicht.«

»Doch.«

»Nein, es ist nur fast richtig. Es sind genau …«, er strahlte mich an wie das allseits bekannte Honigkuchenpferd, »… es sind genau hundert Tage.«

»Wirklich?«

»Ja.«

»Du bist wunderbar«, sagte ich zu ihm. »Ich hätte nie gedacht, dass ich mich noch mal so verlieben könnte. In meinem Alter.«

»Else, hör auf. Lass uns nicht übers Alter reden.«

»Warum nicht?« Ich lachte. »Ich habe in letzter Zeit hin und wieder so ein leichtes Herzrasen.«

Rudolf wurde mit einem Schlag blass, fast weiß wie bester italienischer Marmor. Er fasste sich ans eigene Herz. »Du hast was? Seit wann? Du musst sofort zum Arzt.«

»Ich dachte, wir wollten mit Kyra ans Wasser.«

»Aber nicht, wenn es dir so schlecht geht.«

»Mir geht es aber nicht schlecht.«

Er starrte mich mit offenem Mund an, kratzte sich am Kopf, knetete die Knöchel.

Ich beruhigte ihn. »Ich hab nur Herzrasen, weil es dich gibt in meinem Leben.«

Rudolf starrte immer noch mit leerem Blick vor sich hin, sodass mir mein kleiner Scherz mit einem Mal etwas dämlich vorkam. »Else, mach das nie wieder. Mir so einen Schrecken einzujagen.«

»Versprochen.« Ich stupste ihm zärtlich die Nase. »Und jetzt lächeln bitte.«

Er schüttelte den Kopf, verdrehte die Augen und ... lächelte.

Der kleine Sandpfad, der von unserem schindelgedeckten Haus hinunter zum Strand und dem Meer führte, war an einigen Stellen sehr eng. Wind und Regen hatten ihn kräftig ausgespült. Bei jedem Schritt musste man aufpassen, nicht wegzurutschen, und dort, wo der Pfad etwas breiter wurde und man nebeneinander gehen konnte, hielt ich mich ganz eng an ihm fest. Er trug wie meist sein quer gestreiftes, kurzärmeliges Hemd. Davon besaß er, glaube ich, mindestens fünf, in verschiedenen Farben. Wenn mal etwas passte, dann gleich mehrere kaufen. So war sein Gedanke. Typisch Mann. Rudolf machte sich allgemein nicht viel aus materiellen Dingen. Ich glaube, er besaß auch nur eine Krawatte und einen Anzug. Einen schwarzen, den er auch bei Beerdigungen tragen konnte.

Kyra rannte voraus, sie liebte das Wasser. Der Weg hinunter schlängelte sich, sodass wir den Hund meist schon unten in den Wellen tollen sahen, wenn wir die letzten morschen Holzstufen an den Strand hinabstiegen. Oft waren wir dort unten allein, zumindest bei stürmischem Wetter. Herrlich, der Wind und die Luft!

Hand in Hand schlenderten wir am Ufer entlang, Kyra neben uns, die aufgeregt bellte und japste. Sie liebte es, Stöckchen zu holen. Und auch wenn ich mit meinen über achtzig Jahren und bei meiner kleinen Körpergröße schon Schwierigkeiten hatte, bei der Rentnergymnastik die Arme in die Höhe zu kriegen, beim Stöckchenholen riss ich mich zusammen. Für Kyra. Und platsch flog das Holz ins Nass. Die Wellen waren hoch, und auch der Wind wehte kräftiger. Wenn mich Rudolf nicht richtig festgehalten hätte, wäre ich wie der Drachen eines kleinen Jungen in die Höhe gerissen worden. Gut, das ist vielleicht ein bisschen übertrieben, aber windig war es schon.

Rudolf tippelte neben mir unruhig hin und her. Er machte mich ganz nervös. Dann zeigte er auf einen Punkt im Sand.

»Schau mal, Else, was ist denn da? Da liegt doch was!«

# Vier

Rudolf deutete aufgeregt auf eine bestimmte Stelle im Sand.

Ich schaute in die angegebene Richtung, sah aber nichts. »Tut mir leid, ich sehe nichts.«

»Aber doch, da liegt was.« Er zupfte mich am Ärmel meines Kleids und zog mich hin. Gemeinsam beugten wir uns über ein Stück Glas, das aus dem Sand ragte.

»Ein Stückchen Glas, nichts Besonderes, Rudolf.«

»Nein, nein, da ist mehr.«

Er fasste in den Sand und zog eine Glasflasche heraus, alt, verkratzt, mit den Spuren einer langen Reise im Meer.

Ich musste spontan lachen und fragte: »Seit wann sammelst du Altglas?«

»Das ist kein Altglas, Else. Siehst du denn nicht, dass da was drin ist in der Flasche?«

Nun hatte er meine Neugierde geweckt. Ich griff nach der Flasche und drehte sie vorsichtig in den Händen. Rudolf hatte recht. Hinter den Kratzern und dem leichten Schmutzfilm konnte man einen Zettel erkennen, gerollt. Ganz offenbar eine Nachricht oder ein Brief.

Rudolf starrte auf die Flasche, dann stupste er mich zart in die Seite. »Was meinst du, Else? Sollen wir sie nicht aufmachen? Wer weiß, wie alt die Nachricht schon ist?«

»Ich weiß nicht.«

»Warum denn nicht, Else?«

Ich konnte mir ein Grinsen nur mühsam verkneifen. »Vielleicht ist ein böser Geist drin, und wenn wir das Ding aufschrauben, dann kommt er rausgezischt und bedroht uns.«

»Das ist nicht dein Ernst.«

»Natürlich nicht, das wären normalerweise deine Worte gewesen.«

Ich weiß auch nicht, aber es machte mir einfach Spaß, meinen Liebsten hin und wieder ein bisschen zu necken. Das Sprichwort hat eben seine Richtigkeit – was sich liebt, das neckt sich.

»Natürlich müssen wir sehen, was da drin ist. Was glaubst du denn?!« Ich versuchte, den Schraubverschluss aufzudrehen, aber meine Finger rutschten immer wieder ab.

Rudolf nahm mir aufgeregt die Flasche aus der Hand. Neben uns bellte Kyra. Sie jaulte und wurde ungeduldiger. Schon minutenlang kein neues Stöckchen mehr. Was sollte das denn, bitte? Während Rudolf sich mit dem Verschluss der Flasche abmühte, suchte ich nach einem Stück Treibholz. Schließlich fand ich eins, umfasste es mit beiden Händen, so gut ich konnte, und schleuderte es mit aller Kraft Richtung Meer. Die Olympiasiegerin im Hammerwerfen. Ein Raunen ging durchs Stadion. Der Hund wetzte los.

»Mist, das kann doch nicht sein.«

Mein Blick ging zu Rudolf, der mich missmutig anblickte.

»Ich krieg das Ding nicht auf.«

»Vielleicht hält der Geist von innen dagegen.«

»Mein Gott, Else, jetzt hör schon auf.«

»Dann lass mich noch mal.« Ich stapfte zu ihm und nahm ihm die Flasche aus der Hand. »Und wenn wir sie einfach zerschlagen?«, schlug ich vor.

»Dann springen uns vielleicht die Splitter in die Augen.«

»Und wir haben die Nachricht aus der Flasche, sind aber beide erblindet und können nichts mehr lesen«, spottete ich zurück.

Ich drehte abermals am Verschluss, aber wieder glitten meine Finger ab. Entnervt schüttelte ich den Kopf, merkte dann, dass Rudolf an mir vorbei zum Meer starrte. Sein Blick bekam etwas Sorgenvolles.

»Wo ist denn Kyra?«

»Im Wasser, Schatz.«

»Aber ich kann sie nicht sehen.«

Panisch drehte ich mich um und schaute ebenfalls zum Wasser. Kein Hund weit und breit. Ich warf die Flasche achtlos in den Sand und rannte los. Das Nass umspülte meine Füße, die Gischt spritzte mir ins Gesicht. Zitternd fuhr ich mir mit den Händen über das Gesicht. »Kyra!« Keine Reaktion. Der Hund war wie vom Meer verschluckt.

Rudolf trat neben mich, zu zweit standen wir atemlos und blickten über die Weite des Wassers.

Ich stammelte: »Sie kann schwimmen. Sie kann nicht einfach so verschwinden.« Tränen traten mir in die Augen. »Ich hätte ihr nichts ins Meer werfen dürfen. Ich bin schuld.«

»Unsinn!« Rudolf drückte mich an sich.

»Aber ich seh sie nicht.«

Er sagte nichts weiter. Nichts hätte mich trösten können. Der Hund war verschwunden.

# Fünf

Otti war ein guter Freund von Rudolf, und die beiden verbrachten viel Zeit miteinander. Nicht nur, um sich mit anderen jeden Montagabend zum Kartenspielen zu treffen. Sondern sie liebten es auch, auf einem alten Segelkutter herumzuturnen, den Otti mal von einem Onkel geerbt hatte. Ein, zwei Mal durfte ich auch mitfahren, was auch richtig Spaß gemacht hatte. Aber ansonsten ließ ich den Jungs ihr Vergnügen, ohne weiblichen Anhang etwas zu unternehmen. Ich bin alt genug, um zu wissen, dass man dem Partner seine Freiräume lassen sollte. Ich wiederum wollte das für mich auch.

Zurück zu Otti, der in Wirklichkeit Georg hieß. Aber da er mich an diesen bayerischen Schauspieler und Kabarettisten erinnerte – dieser war auch ein großer Bulle von Mann –, habe ich ihm den Namen Otti gegeben. Otti arbeitete bei einer örtlichen Bank, aber er war kein kalter Banker, wie man ihn sich vielleicht vorstellt, sondern eher ein Mann mit Herz. Ich mochte ihn von Anfang an. Klar gab es einen Altersunterschied zwischen Rudolf und Otti, war dieser noch keine sechzig Jahre alt. Aber Freundschaft kennt keine Grenzen.

Otti stand oben an der Klippe, ganz nah am Abgrund, und rührte sich nicht von der Stelle. Wir starrten von unten zu ihm hinauf. Es war Kyra, die uns hergeführt hatte. Sie war aus dem Meer an einer anderen Stelle wieder an Land geschwommen und hatte als Erste den Mann da oben entdeckt. Ihr aufgeregtes Bellen hatten wir schließlich im Rauschen von Wind und Wellen gehört und waren zu ihr gerannt. Sie können sich vorstellen, dass mir ein Steinbruch vom Herzen gefallen ist. Ich hätte mir nie verziehen, wenn dem Hund etwas passiert wäre. Aber was machte Otti da oben auf der Klippe?

»Was will der da oben, Schatz?«

»Das weiß ich nicht, Else.«

»Wenn er nicht aufpasst, stürzt er noch runter.«

»Das glaub ich nicht.«

Es war seltsam, die Silhouette dieses mächtigen Mannes über dem Abgrund zu sehen. Rudolf formte mit beiden Händen einen Trichter und rief gegen den Lärm der Natur an. »Hallo!«

Aber Otti reagierte nicht, vielmehr schien es, als würde er einen weiteren Schritt Richtung Abgrund machen.

Meine Hände verkrampften sich in Rudolfs Arm. »Rudolf, jetzt mach doch was!«

Kyra bellte auch ihren Kommentar dazu.

»Aber was, Else, was?«

Ich begann, hektisch zu winken, wie ein Schiffbrüchiger nach Monaten allein auf einer Insel, wenn ein Schiff vorüberfährt.

Wieder rief Rudolf so laut er konnte. »Hallo, hallo!«

Doch Otti zeigte keine Reaktion, sondern blieb einfach stehen.

»Es hilft nichts, Else. Wir müssen über die Stufen zu ihm hinauf und nach ihm sehen.«

Als wir uns kurz darauf, völlig außer Atem, erschöpft

und nach Luft japsend die letzten Schritte zum Kliffende vorwagten, war Otti verschwunden. Was war passiert? Er hatte sich doch nicht in den Abgrund gestürzt? Das konnte nicht sein. Ganz vorsichtig traten Rudolf und ich Richtung Abgrund, uns gegenseitig haltend und stützend. Dann ein vorsichtiger Blick hinunter in die Tiefe. Hinunter zum Meer, zum Sandstrand. Und dort lag … niemand. Erleichterung durchströmte uns, und mit Kyra eilten wir nach Hause, zumal inzwischen leichter Regen eingesetzt hatte. Leicht ist gut. Klitschnass waren wir, als wir zu Hause ankamen.

In der ganzen Aufregung hatte ich völlig die Flasche, die Flaschenpost, vergessen. Auch Rudolf war sie offenbar nicht mehr in den Sinn gekommen. Wenn ich damals auch nur geahnt hätte, was für eine Bedeutung diese Flasche mit ihrer Nachricht einmal für mich haben sollte, o mein Gott! Ich wäre barfuß im Regen nach unten gestürzt, um sie zu holen und in aller Ruhe aufzumachen. Aber das wusste ich damals nicht. Keinen Schimmer hatte ich.

Eng aneinandergeschmiegt kämpften wir uns die letzten Meter bis zum Häuschen. Kyra war schon vorausgerannt und begrüßte uns mit lautem Bellen. Das Bellen hatte seinen Grund. Und der Grund hatte einen Namen: Otti. Er saß, ebenfalls völlig durchnässt, auf den Stufen direkt vor der Holztür und empfing uns mit einem gequälten Lächeln. Alle drei schlüpften wir ins Warme, ins Trockene. Guter Friesentee, das war's in dem Augenblick.

Ich bin ein neugieriger Mensch, gar keine Frage. Warum auch nicht? Sonst verpasst man etwas im Leben. Es ist mir ein paar Mal passiert, dass ich meiner Neugierde nicht nachgegeben habe. Und jedes Mal habe ich mich danach richtig geärgert. An dem Tag, an dem Otti bei uns auftauchte, sollte es nicht anders sein. So ein Mist! Mein Gott, warum hatte ich nicht gelauscht, was die beiden Männer zu bereden hatten? Stattdessen habe ich mich nach einer gemeinsamen Tasse Tee nach oben zurückgezogen, in meinem Zimmer ein bisschen gelesen, Dinge nervös hin- und hergeräumt und dumm aus dem Fenster gesehen. Natürlich war mir klar, dass etwas mit Otti nicht stimmte, auch wenn wir ihn nicht auf sein seltsames Auftreten auf dem Kliff angesprochen hatten.

Irgendwas war da, und ich wollte wissen, was. Ich gebe zu, es war nicht die feine Art, aber ich beschloss zu lauschen und schlich nach unten. Leider hatte ich die Küchentür geschlossen, und kein Laut drang durch sie nach draußen. Da konnte ich mein Ohr noch so fest gegen das Holz drücken.

Inzwischen hatte der Regen aufgehört, und ich sah eine andere Möglichkeit. In Pantoffeln, nur einen Pullover über die Schultern geworfen, schlüpfte ich aus dem Haus, unter das Küchenfenster, das normalerweise immer gekippt war. Aber nicht in diesem Moment! Mein Vorhaben scheiterte, der Rückzug zurück ins Haus war allerdings versperrt, denn die Haustür, die ich offen gelassen hatte, war zu. Keine Ahnung, wie und warum sie sich geschlossen hatte. Vielleicht hatte Kyra sie mit ihrer Pfote zugestoßen. Nach kurzem Überlegen blieb mir nur eine Chance: Ich musste klingeln. An meiner eigenen Haustür.

# Sechs

Else, kannst du mal bitte gehen?«

Ich rief: »Das geht nicht.«

Aber offenbar konnnte er mich im Haus nicht hören. Denn wieder erklang seine Stimme, dieses Mal etwas lauter: »Else, bitte, kannst du?«

»Ich kann nicht!«

Keine Antwort. Also klingelte ich abermals. Kurz darauf waren von drinnen Schritte zu hören, und Rudolf öffnete. Sein Gesichtsausdruck zeigte wahre Überraschung.

»Else?«

»Ich habe mich ausgesperrt.«

»Und was wolltest du draußen?«

»Ein bisschen frische Luft schnappen.«

Ich kann Rudolf nicht verdenken, dass seine Miene gewisse Züge von Skepsis offenbarte. Weitere Erklärungen wollte ich nicht abgeben, sondern drückte mich an ihm vorbei ins Hausinnere und eilte Richtung Treppe zum oberen Stock.

»Ich glaube, ich werde mich ein bisschen hinlegen. Bis später.«

»Ist dir nicht gut, Schatz?«

»Danke, alles bestens.«

Offenbar war ich wirklich etwas erschöpft, oder die Flucht vor den Schafen letzte Nacht steckte mir noch in den Knochen – keine zehn Minuten später war ich selig eingeschlafen. Mitten am Tag. Die herrlich wärmende Schafwolldecke bis zum Hals hochgezogen, die Füße unten rausschauend. Das machte ich oft und gerne. Ich glaube, meine Füße waren genauso neugierig wie ihre Besitzerin und wollten immer gerne wissen, was so los war in der Welt. Aber wenn mir kalt wurde, zog ich sie in die Wärme zurück. Schön war's im Reich der Träume, und nicht ein einziges Schaf tauchte auf!

Gegen Abend, Otti war inzwischen wieder gegangen, trafen Rudolf und ich in der Küche zusammen. Was er in der Zwischenzeit gemacht hatte, wusste ich nicht. Ich merkte nur, dass er seltsam bedrückt wirkte. Einen leichten Hang ins Kauzige, das kannte ich schon von meinem Liebsten, aber an dem Abend war er sehr verstockt. Ich versuchte es mit Beiläufigkeit.

»Und, war's noch schön mit Otti?«

»Wir haben Tee getrunken.«

»Das weiß ich. Und sonst?«

»Ach nichts.«

»Nichts?«

»Nichts Besonderes.«

»Der stand auf der Klippe und hat darüber nachgedacht, sich in die Tiefe zu stürzen. Also bitte, ja. Ich würde das nicht nichts nennen.«

»Ach, das meinst du? Nein, nein. Ich habe mit ihm geredet. Er wollte nur ein bisschen spazieren gehen. Wie wir auch. Ist doch nichts dabei.«

Während dieses kleinen Dialogs hatte es Rudolf vermieden, mir in die Augen zu sehen. Er wich mir aus. Aber noch wollte ich nicht aufgeben.

»Bitte, Rudolf, ich will nicht neugierig sein, aber was stimmt denn nicht mit Otti? Ist was bei der Bank?«

»Bei der Bank? Wie kommst du denn darauf?«

»Nur eine Vermutung.«

»Ich denke, du willst nicht neugierig sein.«

»Wollte ich auch nicht. Aber mit deiner Heimlichtuerei schaffst du es, dass ich doch neugierig werde.«

Er lachte. »Na wunderbar, jetzt bin ich schuld.«

»Aber hallo, natürlich bist du das!« Nun lachte auch ich, und wir beide nahmen uns in den Arm.

»Vielleicht ist etwas mit seiner Freundin?«, fragte ich.

»Wie kommst du denn darauf, Else?«

»Nur so eine Vermutung.«

»Na ja.«

Aha, also stimmte es. »Haben die beiden sich getrennt?«

Rudolf zögerte. »Vielleicht.«

Otti war, wie ich wusste, viele Jahre alleinstehend gewesen und hatte erst vor Kurzem eine Frau kennengelernt. Im Internet! Ich konnte mir gar nicht vorstellen, was man da genau machen musste. Aber offenbar gab es jede Menge Formulare, die man ausfüllen musste, und irgendwas ankreuzen, Fragen beantworten und so weiter. Also wenn es etwas brachte. Warum nicht? Für mich wäre das allerdings nichts gewesen. Aber Otti schien damit die Richtige gefunden zu haben. Bis zu jenem Tag jedenfalls, wenn ich Rudolfs Andeutung richtig verstand. Wie konnte ich ahnen, dass Rudolf mich bewusst auf eine falsche Fährte locken wollte?

Die nächsten Tage wurde Rudolf immer verstockter und kauziger. Ehrlich, ich habe mir das nicht eingebildet! Das erste Mal aufgefallen ist mir seine Veränderung, als er Montagabend seine Kartenrunde vergessen hatte. Das musste man sich mal vorstellen. Das wäre so, als hätte der Bundestrainer ein Länderspiel verpasst und wäre stattdessen mit ein paar Freunden auf eine Golfrunde gegangen. Rudolf war ganz durcheinander, als ich ihn darauf angesprochen habe. Ob denn wirklich Montag sei, hat er mich gefragt. Ich habe darauf verzichtet, ihm als Beweis unseren Küchenkalender mit den schottischen Landschaftsmotiven unter die Nase zu halten. Dann war er zwei Mal beim Einkaufen gewesen und hatte die Hälfte vergessen. Obwohl ich ihm eigens einen Zettel geschrieben hatte. Nutzte aber nichts, wenn man so einen Zettel auf dem Küchentisch liegen ließ. Was war nur los mit meinem Liebsten?

Als ich mit eher beiläufigen Fragen nicht weiterkam, platzte mir schließlich der Kragen. Mitten beim Kochen, die Pasta schon auf dem Herd, stellte ich ihn zur Rede.

»Ich will das nicht mehr.«

»Wie, Else? Keine Spaghetti Aglio e Oglio?«

»Du weißt genau, was ich meine.«

Wieder wich sein Blick mir aus.

»Und bitte, bitte schau mich an, wenn ich mit dir rede.«

»Mach ich doch.«

Trotzig wie ein kleiner Junge, dem man verboten hatte, nach Sonnenuntergang draußen zu spielen, baute er sich vor mir auf. Ich ihm gegenüber. Zwei Zwerge beim Aufstand. Ein witziges Bild, wenn es nicht auch traurig gewesen wäre. Ich fasste ihn an den Händen.

»Rudolf, ich hätte nie gedacht, dass ich noch mal so glücklich werde in meinem Leben. Und weißt du, warum ich so glücklich bin? Weil ich mich bei dir so sicher fühle. Ich liebe dich, ich liebe das Leben hier, hier in deinem Haus. Alles.« Er wollte mich unterbrechen, aber ich ließ es nicht zu. »Aber ich spüre, dass seit ein paar Tagen etwas nicht stimmt. Und es macht mich traurig, dass du mir nicht vertraust. Dass du mir nicht sagst, was los ist. Hat es etwas mit Otti zu tun? Bitte, Rudolf, lass mich nicht so im Ungewissen hängen. Das macht mich wahnsinnig. Und unglücklich.«

»Das will ich nicht.«

»Dann sprich mit mir!«

Er schluckte. »Es ist aber nichts.«

»Ehrlich?«

»Ehrlich!«

»Du lügst!«

»Else, bitte, das darfst du nicht sagen.«

»Irrtum, das muss ich sogar, wenn ich es spüre.«

Rudolf drehte sich von mir weg. »Es tut mir leid, aber es gibt nichts, worüber ich mit dir reden könnte.«

»Weil du nicht willst.«

»Weil ich nicht kann.«

Er hatte sich an den Küchentisch gesetzt und schaute mich mit großen Augen an. Sie waren gerötet.

»Auch ich kann und will mir ein Leben ohne dich nicht mehr vorstellen. Else, du musst einfach Vertrauen zu mir haben.« Seine Finger wanderten nervös auf der Tischplatte herum.

»Also ist doch was. Und was?«

Er schwieg, stand auf und umarmte mich ganz fest. Ein Kuss. In diesem Moment kochte der Topf mit der Pasta über.

Natürlich habe ich in der folgenden Nacht nicht gut geschlafen. Ich konnte nicht richtig einschlafen, und Schafe zählen wollte ich auf keinen Fall. Ich kann mich auch nicht erinnern, überhaupt etwas geträumt zu haben. Aber auch wenn mein Schlaf schließlich tief und fest gewesen sein musste, so fühlte ich mich am nächsten Morgen wie gerädert. Wahrscheinlich hatte mein Unterbewusstsein die ganze Nacht durchgemacht. Langsam zog ich mir den Bademantel über und flutschte in meine wohligen Lammfell-Pantoffeln.

Entschlossen, Licht ins Dunkel zu bringen, eilte ich nach unten. Doch von Rudolf gab es im ganzen Haus keine Spur. Er war ausgeflogen. In der Küche auf dem Holztisch hatte er mir ein Frühstück hergerichtet. Neben der Schale mit dem frischen Obstsalat lag ein Zettel. Handgeschrieben. Eine Nachricht für mich.

# *Sieben*

Liebe Else ...«

Ich setzte mich an den Küchentisch, kramte meine Brille heraus – die beiden ersten Worte hatte ich noch ohne Sehhilfe entziffern können – und hielt mir leicht zitternd das Papier direkt unter die Nase.

»Ich wollte Dich nicht wecken, aber ich musste kurz los in die Stadt, ein paar Erledigungen machen. Du musst Dir keine Sorgen machen. Alles ist gut, ich weiß, dass ich gerade ein bisschen seltsam erscheinen mag, aber das ändert sich wieder. Einen schönen Tag, Dein Rudolf.

PS: Spätestens heute Abend zum Essen bin ich wieder zurück.«

Ich ließ die Nachricht langsam auf den Tisch sinken und war zugleich erleichtert und sauer. Erleichtert, weil er bald wiederkommen wollte, sowie darüber, dass es nichts Endgültiges war. Mein Gott, das kannte man doch hinlänglich – wenn jemand eine schriftliche Nachricht hinterließ, dann hatte das oft nichts Gutes zu bedeuten. »Ich zieh aus«, »Ich bin Zigaretten holen gegangen« oder »Dein Gepäck steht schon vor der Garage« ... So etwas in der Art.

Das hatte Rudolf mir nicht geschrieben, aber – und das empfand ich als ähnlich schlimm – er hatte mich weiterhin im Unklaren gelassen. Er konnte sich nicht wirklich einbilden, dass ich mir so etwas bieten lassen würde?

Ich tigerte durch das Haus. Meine Laune war so, dass ich mir lieber selbst nicht hätte begegnen wollen. Ich stellte mich vor den Spiegel im Bad, blies die Backen auf und erklärte mir, dass es nun Zeit wäre, etwas zu unternehmen. Dabei musste ich fast lachen. Denn der Spiegel hing vom Vorbesitzer des Häuschens immer noch so hoch, dass Rudolf und ich nur richtig reinschauen konnten, wenn wir uns auf die Zehenspitzen stellten.

Sie müssen wissen, unser kleines Häuschen lag etwas außerhalb der Stadt. Es gab in der Nähe andere Häuser, auch größere und prächtigere in Sichtweite, aber die Stadt mit ihren vielleicht zehntausend Einwohnern war fast drei Kilometer entfernt. Man konnte auf der Landstraße den Wagen nehmen oder aber sich auf einem der Dünenwege mit dem Fahrrad durch den weichen Sand mühen, um dorthin zu kommen. Das war anstregend, aber man war von herrlicher Natur umgeben. Wir hatten nur ein Auto, einen alten rostigen roten Kombi, an dem Rudolf schon immer hing wie an einer großen Liebe. Als ich ihn einmal fragte, auf wen er eher verzichten würde, auf mich oder seine rote Kiste, zögerte er tatsächlich ein kleines bisschen. Er tat das als Scherz ab. Auch ich hatte mal einen eigenen Wagen, einen klapprigen VW-Bus, aber den hatte ich meinem alten Freund Mario überlassen. Ein altes Auto reichte für zwei alte Leute, dachte ich mir. Außerdem wollte ich das Radfahren nicht aufgeben, sondern jede Minute nutzen. Also fuhr ich auch an dem Tag mit meinem Drahtesel los. Ich hatte eine Idee.

Kyra ließ ich zu Hause beim Häuschen. Zum Aufpassen und zum Rumtollen im Garten. Außerdem hatte sie nicht so viel Freude an Ausflügen in die Stadt. Außer vielleicht an einem Besuch beim Metzger, aber gerade da musste sie immer draußen sitzen bleiben.

Der Wind blies heftig, sodass ich auf dem Rad hin- und herschwankte wie leicht betrunken. Mein Weg führte mich zunächst ein Stückchen die Straße hinunter, bevor ich auf den Dünenweg abbiegen konnte. Die Böen spielten mit mir wie mit einem Blatt im Herbst. Plötzlich ein lautes Hupen. Ich zuckte zusammen, riss den Lenker herum, ratterte von der Straße auf den Kiesstreifen und wurde dabei durchgerüttelt, dass mir mein Kopftuch über das Gesicht bis zur Nasenspitze rutschte. Ich konnte gerade noch anhalten, ohne umzufallen, schob das Kopftuch wieder nach oben, als ein dicker schwarzer Geländewagen sich langsam an mir vorbeischob. Besser gesagt: Der Wagen hielt, und der Fahrer, ein kräftiger Mann mit rotem Kopf und fiesem Grinsen, ließ die Seitenscheibe hinunter. Ein Stiernacken. Er musterte mich.

»Tag, Oma.«

War ich etwa seine Oma? Was war denn das für eine Unverschämtheit?!

»Ich hoffe, es ist Ihnen nichts passiert.«

»Sie hätten ja nicht hupen müssen.«

»Ich wollte Sie nur warnen.«

»Vor wem denn? Vor Ihnen selbst?«

Stiernacken schüttelte den Kopf. Sein Grinsen nahm sogar noch an Fiesheit zu. »Haben wir uns heute schon ein kleines Schnäpschen genehmigt. Wohl bekomm's!«

»Das ist ja wohl eine Frechheit.«

»Macht nichts. Aber schön aufpassen, dass Sie nicht noch mal vom rechten Weg abkommen.«

Bevor ich noch etwas erwidern konnte, war er schon dabei, ganz langsam die Scheibe wieder hochzufahren und mit seiner dämlichen Geländekiste weiterzurollen. Ich war sprachlos. Ich hatte diesen Mann in den Monaten, in denen ich hier lebte, noch nie gesehen, konnte mir aber vorstellen, was es mit ihm auf sich hatte. In Sichtweite von unserem Häuschen hatte sich jemand einen kleinen Palast hingebaut. Bis vor Kurzem eine Baustelle, schien es nun so, als ob dieser Jemand eingezogen war. Was für ein Nachbar!

Bei dem Gedanken an den fiesen Typen hatte ich Probleme, auf meinem Rad wieder Tritt zu finden. Dazu noch der Wind, der nun direkt von vorn blies. Was mich antrieb, war der Gedanke, dem seltsamen Verhalten meines Freundes Rudolf auf die Schliche zu kommen. Wenn mir einer dazu etwas sagen könnte, dann wäre es sicher Otti.

Ich war zwar nicht Kunde bei der Bank, wusste aber von Rudolf, wo sein Freund arbeitete. In der Schalterhalle war einiges los, und ich musste ein bisschen warten, bis ich schließlich drankam. Ein junges Mädchen mit blondem Zopf lächelte mich an.

»Was kann ich für Sie tun?«, fragte sie.

»Ich hätte gern Herrn … Baumgarten gesprochen.«

Sie zögerte einen Moment. »Bitte wen?«

Ich überlegte kurz, war mir mit einem Mal sehr unsicher, wie Otti mit Nachnamen hieß. »Haben Sie denn nicht jemanden, der so ähnlich heißt?«

»Ich weiß nicht.«

Ich trat nervös von einem Fuß auf den anderen. »Sagen Sie doch bitte einfach mal ein paar Namen, dann kommen wir vielleicht gemeinsam drauf.«

Ihr Blick wurde unruhig, flackerte, sie schaute verunsichert nach links und rechts. Ich hakte nach.

»Gutes Fräulein, tut mir leid, aber mir fällt gerade der richtige Name nicht ein. In meinem Alter kann man schon mal vergesslich sein.«

»Ja … aber ich weiß nicht. Wie könnte er denn noch heißen?«

Ich überlegte. »Es war etwas mit Baum. Da bin ich mir fast sicher.« Die Situation begann mir unangenehm zu werden. Ich räusperte mich vernehmlich, um Zeit zu gewinnen. Vielleicht irrte ich mich, aber ich hatte das Gefühl, dass sich in der Schlange hinter mir Unruhe aufbaute. Peinlich.

»Wie sieht er denn aus, der Herr … Baumgartner?«

»Groß, nicht wirklich schlank.«

Das Mädchen schien immer noch keine Idee zu haben. Hilfe suchend schaute sie sich um, und schließlich winkte sie einem Mann, der aus der Ferne zu uns herüberblickte. »Ich frage mal den Chef.«

Ich nickte hoffnungsfroh und hatte inzwischen vor allem das Ziel, ohne zusätzlichen Gesichtsverlust aus der Nummer wieder rauszukommen.

Der Filialleiter, ganz neu in Amt und Würden, war nett und freundlich. Er hatte auch eine Idee. »Ach, Sie suchen den Herrn Blattschneider?«

»Ja, genau, so heißt er.« Mir fiel Ottis Nachname wieder ein. Ich glaubte, eine kurze Regung in der Mimik meines Gegenübers zu erkennen, konnte mich aber auch irren.

»Tut mir leid, aber der ist nicht im Haus.«

»Ach, und wann kommt er wieder?«

»Vielleicht kann ich Ihnen helfen?«

»Leider nein. Es ist eher privat.«

Er zögerte. »Herr Blattschneider ist heute nicht da. Ich kann Ihnen leider gar nichts weiter dazu sagen.«

Ein letztes Lächeln, dann schritt ich erhobenen Hauptes aus der Bank hinaus auf die Straße. Inzwischen war die Sonne herausgekommen. Das brachte mir aber nichts, ich war genauso ahnungslos wie zuvor – was Rudolf betraf. Otti war nicht zu sprechen gewesen, er hatte mir nicht weiterhelfen können.

Nach dem kleinen Malheur hatte ich mir, so fand ich, eine Erholung und etwas Entspannung verdient. Mein Ziel war ein Café am Rande des städtischen Parks, bei dem man wunderbar draußen sitzen und kulinarische Köstlichkeiten genießen konnte. Gleichzeitig hatte man einen schönen Überblick über das Geschehen auf dem angrenzenden Platz, die Straßen und die Passagen, konnte Menschen beobachten, die mehr oder weniger mit Tüten beladen ihren Einkäufen nachgingen oder einfach so flanierten.

Während ich meinen Blick schweifen ließ, gingen meine Gedanken spazieren. Ich war verunsichert. Rudolf umsorgte mich. Ich liebte ihn und mein neues Zuhause. Das Meer, Kyra, Wind und Wellen, das Schindelhäuschen. Was wollte ich? Vielleicht hatte Rudolf ein Geheimnis vor mir? Na und? Vielleicht war es ein schönes? Vielleicht wollte er mich mit etwas überraschen? Unsinn! Dann wäre er sicherlich nicht so mürrisch gewesen in letzter Zeit. Auch die Flaschenpost kam mir wieder in den Sinn. Wie schade, dass ich nicht erfahren hatte, was drinstand. Ich beschloss, später noch mal an den Strand zu gehen und nach der Flasche zu sehen. Vielleicht lag sie noch im Sand.

Der nette Oberkellner brachte mir eine Tasse Kaffee mit extra Sahne und ein Stück Erdbeertorte. Ein prächtiges Gebilde. Vorfreude ist die schönste Freude. Ganz langsam nahm ich die Gabel in die Hand, silbern, glänzend, rückte meinen Stuhl gerade und schloss für einen Moment die Augen. Dann öffnete ich sie wieder, die prächtige Farbe der Erdbeeren trat in meinen Fokus. Genuss pur! Aber plötzlich war da etwas, das mich irritierte.

# Acht

Es war Rudolf, der auf dem gegenüberliegenden Bürgersteig entlangging. Er hatte ein kleines Paket unter dem Arm und schien ganz in Gedanken zu sein. Nur ein Moment des Nachdenkens, dann stand ich auf und winkte ihm. »Rudolf!« Ein paar andere Gäste drehten ihre Köpfe zu mir. Man wird wohl noch mal etwas rufen dürfen? Oder waren wir etwa auf einem Friedhof? »Rudolf!« Aber er hörte mich nicht. Oder er wollte mich nicht hören. Sofort war alles wieder da. Die Zweifel, die Fragen. Gleichzeitig lockten duftender Kaffee und Kuchen. Ich hätte heulen können, aber mir wurde klar, dass ich es mir nie würde verzeihen können, wenn ich ihm jetzt nicht folgte. Andererseits … Ich stach mit der Gabel ein großes Stück mit zwei tollen Erdbeeren ab, stopfte es mir in den Mund und sprang auf. Noch einen kleinen Schluck, aber der Kaffee war zu heiß, was ich allerdings erst bemerkte, als ich mir schon fast den Mund verbrannt hatte. Ich wischte mir über den Mund, wahrlich nicht ladylike, kramte einen Geldschein heraus und legte ihn hin. Ich rannte los, fast einen Stuhl vom Nebentisch umwerfend. Ein Kind schrie auf, weil es meinte, ein kleines grauhaariges Monster würde es rauben wollen. Aber mich sollte niemand aufhalten. Ich wollte unbedingt Rudolf hinterher. Noch mal rief ich: »Rudolf!« Er reagierte nicht.

Ich konnte sehen, wie er, nachdem er um die nächste Straßenecke gebogen war, in einem großen Haus verschwand. Zahlreiche Schilder hingen am Eingang, darunter viele von Ärzten. Ich war in einem Ärztehaus gelandet. War Rudolf etwa krank? War es das? Vielleicht hatte er eine schlimme Diagnose, die er nicht mit mir teilen wollte. Andererseits – als Schwarzseher hasste es Rudolf, überhaupt zu Ärzten zu gehen. Es war ihm ein Einfaches, sich vorzustellen, wie ihm sein Gegenüber mit ernstem Gesichtsausdruck sein baldiges Ableben prophezeite. So gut kannte ich meinen Liebsten, dass er eine Arztpraxis genauso hasste wie Kyra ein vegetarisches Restaurant. Also warum war er jetzt hier im Ärztehaus? Vielleicht war es so schlimm, dass er seine Angst überwunden hatte.

Nachdem ich Rudolf in der Eingangshalle nicht entdecken konnte, fiel mein Blick auf den Aufzug am Ende der Halle. Die oben angebrachten Lichtzeichen zeigten an, dass der Lift bis zum sechsten Stockwerk gefahren war und dort hielt. Ich musste auch dort hinauf. Über die Treppen? Sicherlich nicht. Auch wenn ich für mein Alter noch ziemlich fit war, so wären sechs Stockwerke etwas viel gewesen. Also wartete ich auf den Lift.

Als ich oben aus dem Aufzug stieg, sah ich, dass hier zwei Arztpraxen waren: ein Gynäkologe und ein Urologe. Kurz entschlossen drückte ich den Türöffner zur urologischen Praxis und betrat die Rezeption. Sie war unbesetzt. Aus dem Warteraum, der dem Schild nach gleich um die Ecke war, hörte ich leise Stimmen, ein Husten. Gerade als ich nachschauen wollte, ob Rudolf dort war, erschien eine etwas ältere Sprechstundenhilfe mit strengem Blick und grauem Dutt auf dem Kopf. Sie musterte mich.

»Kann ich Ihnen helfen?«

»Ich weiß nicht so recht«, war meine spontane wie unsinnige Antwort.

»Der Frauenarzt ist gegenüber.«

»Ach ja, danke. Dann habe ich mich in der Tür geirrt.«

»Kein Problem, einen schönen Tag noch.«

Die Sprechstundenhilfe verschwand wieder durch eine andere Tür, während ich meine Verabschiedung andeutete. In Wahrheit wollte ich nicht gehen. Ich machte ein paar Schritte Richtung Wartezimmer, als ich von hinten plötzlich Schritte hörte. Schon wieder die Sprechstundenhilfe? Was wollte die denn? Spontan öffnete ich eine andere Tür, dem Zeichen nach konnte es die Toilette sein. Ich wollte nur verschwinden. Es war aber nicht die Toilette. In dem Raum saß ein Mann auf einer Liege und ließ die Beine baumeln. Der Mann war nackt. Ich weiß nicht, ob er ganz nackt war. So genau wollte ich es nicht wissen. Es war nicht Rudolf. Mir wurde schwarz vor Augen. Ich hielt mich am Türgriff fest und sagte, weil ich ein höflicher Mensch bin: »Guten Tag!«

Der nackte Mann sagte nichts, sondern glotzte mich nur an.

# Neun

Ich weiß nicht, wie lange ich salzsäulenartig in der Tür stand und den nackten Mann anstarrte. Es kann eine Sekunde gewesen sein oder auch zehn. Ich konnte mich nicht bewegen und auch nichts sagen. Und meinem Gegenüber ging es nicht anders. Wir kannten uns. Es war Otti!

Ich empfand den Zeitpunkt nicht als ideal, Otti in dieser Situation nach den Empfindlichkeiten von Rudolf zu fragen. Ob er vielleicht wisse, was mit diesem los sei. Immerhin hatten Rudolfs Veränderungen meiner Meinung nach mit Ottis Auftauchen in unserem Häuschen begonnen. Schließlich schloss ich mit einem leisen »Ich muss dann auch wieder« die Tür, machte auf dem Absatz kehrt und strebte Richtung Ausgang. Im Flur lief ich der mir schon bekannten Sprechstundenhilfe über den Weg, die mich nur verwundert anstarrte und keine Frage über die Lippen brachte. Ich meinerseits kam nur auf ein unsinniges »Falsch verbunden«, hechtete aus der Praxis den Gang entlang Richtung Aufzug, der Gott sei Dank gerade in dem Moment kam, sodass ich einsteigen konnte. Nichts wie abwärts bitte.

Und nichts wie weg. Diese heimliche Verfolgung war die hirnrissige Idee einer verrückten Alten gewesen. Denn genauso gut konnte Rudolf auch woanders im Haus verschwunden sein.

Leider war im Augenblick der Hausausgang gesperrt, weil einige Bauarbeiter sich mit einem Handkarren hoffnungslos in der Drehtür verkeilt hatten. Es ging nichts vor und nichts zurück, und es hatten sich auch schon etliche Leute, wartend und missmutig, auf beiden Seiten der Tür versammelt.

Mein Blick ging zurück zum Aufzug. Was sollte ich sagen, falls Otti mir folgen würde. Ich entdeckte eine Metalltür, die in einen dunklen Gang führte, der wiederum über eine Stiege im Hinterhof endete.

Der Hinterhof war groß, mit verschiedenen Geschäften, Lagern und Werkstätten. So gab es einen Obstgroßhandel, ein Fotostudio, einen Fitnessklub und auch ein Pfandleihhaus. Ich schaute zu der Durchfahrt aus dem Hof hinaus, in der ein Lkw so eng geparkt war, dass es unmöglich war hindurchzugehen. Es war wie verhext! Hatte ich irgendetwas angestellt, dass der liebe Gott für mich solche Prüfungen bereithielt?

Da ich auf jeden Fall wegwollte, beschloss ich, mir einen anderen Ausweg zu suchen, und betrat kurzerhand über eine Treppe das Fitnessstudio. Durch den Hintereingang. Vorbei an einer völlig in sich ruhenden Yogaklasse – Geist und Körper waren in Harmonie miteinander verschmolzen – ging ich schnell zur Vorderseite. Den fragenden und irritierten Blick des drahtigen Kursleiters mit Zopf und Nasenring versuchte ich mit einem Lächeln wegzulächeln. Ganz nach dem Motto: »Weiter so.«

Ich selbst verließ die Halle der Erleuchtung, um abermals wieder nur in einer Sackgasse zu landen. Eine verschlossene Tür und ansonsten nichts. Ich blickte verzweifelt aus dem Fenster und sah Licht am Ende des Tunnels.

Ich war auf der Vorderseite, allerdings im Hochparterre. Ich öffnete das Fenster, merkte, dass ich mich ziemlich weit über dem Boden befand. Daran, aus dem Fenster zu springen, war im Traum nicht zu denken. Aber, und da war der liebe Gott endlich mal auf meiner Seite, direkt unter dem Fenster parkte ein Wagen. Ich könnte, so meine Überlegung, durch das Fenster auf das Autodach steigen und mich von dort mit etwas Mühe auf den Boden gleiten lassen. Eine ziemlich schwachsinnige Idee. Ich beschloss, sie umzusetzen.

Um nicht das Autodach mit meinen Schuhen zu verkratzen, zog ich sie aus und nahm sie in die Hand. Für eine ältere Dame wie mich ist es nicht selbstverständlich, durch ein Fenster zu steigen. Es gelang mir auch erst beim dritten Anlauf, über das Fensterbrett auf das Autodach zu gelangen – halb kriechend, halb mich ziehend. Ich rappelte mich auf, die Schuhe fest in meiner rechten Hand. Ein kleiner Rundumblick, wo ich vom Autodach am besten auf den Boden gleiten könnte.

»Meine Liebe, lassen Sie mich Ihnen helfen.«

Eine Männerstimme. Wie peinlich war das denn?! Neben dem Wagen stand ein älterer Herr in einem weißen Zweireiher, einen lässigen Strohhut auf dem Kopf. Der Mann erinnerte mich an jemanden. Aber an wen?

»Vielen Dank, aber ich schaffe das alleine.« Ich wollte einfach, dass er verschwindet.

»Machen Sie das häufiger?«

»Was?«

»Auf Autodächern herumsteigen?«

»Ja, das hält gesund und erspart einem das Fitnessstudio.«

Der Mann grinste und stemmte die Arme in die Hüften. Dieser Lackaffe. Mir wurde klar, dass es vielleicht doch nicht so einfach sein würde, vom Autodach hinunterzukommen. Vor allem nicht, wenn mir jemand dabei zusah.

»Sie dürfen ruhig weitergehen. Wie gesagt, ich schaffe das auch ohne fremde Hilfe.« Ich wollte, dass er endlich verschwindet.

»Das geht schlecht.«

»Warum?«

»Weil Sie auf dem Dach meines Wagens stehen.«

»Oh!« Es wurde immer schlimmer.

»Und damit es keine fremde Hilfe ist, will ich mich gerne vorstellen. Mein Name ist Friedrich von Heuensleben.« Er grüßte mit einer lässigen Handbewegung Richtung Hutkrempe.

»Else Westermann. Und wenn Sie vielleicht doch so nett sein könnten, mir herunterzuhelfen.«

»Nichts lieber als das.«

Das war wahrlich nicht mehr die Situation für Sturköpfigkeit und Prinzipienreiterei. Galant half mir der Mann herunter, wobei er mich zum Schluss kurz mit beiden Händen an der Hüfte packte. Ein starker Griff. Er setzte mich auf dem Boden ab, ich hatte immer noch die Schuhe in der Hand, lächelte verlegen und bedankte mich ehrlich.

Er bot mir an, mir die Schuhe anzuziehen, aber das wollte ich wirklich nicht, sondern tat es selbst.

Als ich mich wieder aufrichtete, merkte ich erst, neben was für einem Wagen ich stand. Es war eine prächtige Limousine, ich glaube, es war ein Rolls-Royce. So einen Wagen kannte ich nur aus dem Fernsehen. Dringesessen hatte ich noch nie. Nun war ich wenigstens mal auf einem herumgeklettert. Der Mann musste mir angemerkt haben, dass ich beeindruckt war, und deutete galant auf seinen Wagen.

»Nachdem uns das Schicksal schon einander vorgestellt hat, dürfen Sie mir den Wunsch nicht abschlagen, Sie zu einer Spritztour mit einem kleinen Zwischenhalt zum Kaffee einzuladen.«

»Tut mir leid, aber ich habe keine Zeit.«

Ich fühlte mich – zugegeben – von seinem Angebot geschmeichelt, aber gleichzeitig wollte ich mich nicht so ohne Weiteres von einem fremden Mann einladen lassen. Immerhin war ich nicht ungebunden. Und natürlich war es mir unangenehm, dass dieser Mann mich vom Dach seiner Limousine gerettet hatte. Was sollte er von mir denken? Doch er blieb hartnäckig.

»Das kann ich nicht akzeptieren.«

»Wie bitte?« Ein forscher Ton war das.

»Ihr Nein kann ich nicht akzeptieren. Es würde mich unglücklich machen, ein Schatten würde sich auf meine Seele legen. Ich würde in einer Wüste aus Kälte und Einsamkeit verdursten.«

Das war ziemlich kitschig. Zumal ich von Rudolf so etwas nicht gewohnt war. Komplimente machen, das war nicht seine Stärke. Was für welche auch immer.

»Aber sonst geht es Ihnen gut, mein Herr?«

»Sehr gut sogar, ich habe gerade eine bezaubernde Bekanntschaft gemacht.«

»Hören Sie, ich bin wirklich dankbar. Aber Bekanntschaft finde ich übertrieben, und außerdem müsste ich jetzt wirklich gehen. Ich bin in Eile.«

»Mit dem Auto geht es schneller.«

»Ich habe aber kein Auto.«

»Aber ich, wie Sie wissen. Erlauben Sie mir, Sie zu einem Ziel Ihrer Wahl zu bringen.«

Ich überlegte einen Moment, ob ich das Angebot annehmen und mich nach Hause bringen lassen sollte. Aber sofort verwarf ich den Gedanken wieder. In der jetzigen Situation wollte ich keinen zusätzlichen Konfliktstoff mit Rudolf.

Ich war eine zweiundachtzig Jahre alte Frau, selbstbestimmt, ich wusste, was ich wollte im Leben. Auch wenn ich das erst in den letzten Jahren gelernt hatte. Ich hatte meinen eigenen Willen. Aber nicht immer ließ der sich ohne Weiteres durchsetzen. Letztendlich habe ich mich von dem Unbekannten doch in ein schönes Café einladen lassen. Ich habe in seinem Rolls-Royce Platz genommen, und wir sind dahin kutschiert. Eine edle Kiste, muss ich schon sagen. Ich war versucht, während der Fahrt den Passanten links und rechts lässig mit einer Hand zu winken, wie die englische Königin bei einem Staatsempfang.

Beeindruckend war das. Und während der Fahrt fiel mir auch ein, an wen mich der Mann erinnerte. An einen berühmten französischen Schauspieler. Sein Name – Belmondo.

Belmondo stellte sich als amüsanter Unterhalter heraus, der gerne in seinen Formulierungen und Komplimenten übertrieb, aber das mit großem Charme sowie mit einem Hauch von Selbstironie. Er machte das so überzeugend, dass man sich dem nicht entziehen konnte. Ich jedenfalls nicht. Natürlich habe ich ihn nicht nach seinem Alter gefragt, aber ich dachte mir, dass er etwa so alt sein mochte wie ich.

Ha! Belmondo hatte mich in seiner Limousine chauffiert und danach bei Kaffee und Kuchen mit Worten verwöhnt. Eine herrliche Plauderei, bei der mein Gegenüber viel von seinen Reisen in die ganze Welt erzählte. Mein Gott, Reisen! Auch wenn ich schon so alt war, hatte ich noch nicht viel von der Welt gesehen.

Wir lachten und scherzten. Ein Wort gab das andere. Die Zeit verging wie im Flug, bis ich plötzlich mit leichter Panik bemerkte, dass es schon nach sechs Uhr abends war. Ich musste nach Hause. Rudolf und ich waren es gewohnt, immer um sieben Uhr zu Abend zu essen. Auch wenn unsere Beziehung noch nicht so lange andauerte, so gab es schon einige Rituale. Schöne Rituale, kleine Anzeichen dafür, dass man sich aufeinander verlassen konnte. Der Blick auf die Uhr brachte mich dazu aufzuspringen.

# Zehn

Tut mir leid, aber jetzt muss ich wirklich.«

»Und Sie nehmen in Kauf, ein trauriges Herz zurückzulassen.«

»Das muss ich wohl.«

»Dann erlauben Sie mir wenigstens, dass ich Sie nach Hause bringe.«

»Nein, das erlaube ich nicht.«

»Warum nicht?«

»Weil ich finde, dass eine Dame wie ich auch ihre Geheimnisse behalten muss.«

Er wedelte sich mit der Hand etwas Luft zu. »Nun gut, dann bleibt mir nur noch, danke zu sagen. Danke für ein paar wunderschöne Stunden, die ich nie vergessen werde.«

»Ein paar Stunden. Sie sagen es. Ich muss los.«

Die Verabschiedung war formvollendet mit Handkuss und leicht angedeuteter Verbeugung. Ein echter Filmstar, auch wenn er keiner war.

Um die nächste Ecke hielt ich ein Taxi an und ließ mich nach Hause bringen. Was für ein Luxus! Aber ich wollte nicht noch mehr Zeit verlieren, und das Rad konnte ich auch in der Stadt stehen lassen und die nächsten Tage holen. Hin und wieder ging mein Blick zurück, durch die Heckscheibe. Es war natürlich völliger Unsinn, aber ich wollte sicher sein, dass er mir nicht folgte. Gleichzeitig kicherte ich in mich hinein. Ja, ich liebte Rudolf, aber dieser Mann war so ganz anders gewesen. Es hatte mir gutgetan, so weltmännisch umschwärmt worden zu sein. Die beiden Männer waren sehr gegensätzlich.

»Was haben Sie gesagt?« Die Frage des Taxifahrers riss mich aus meinen Gedanken.

»Wie bitte?«

»Ich wollte nur wissen, ob Sie etwas zu mir gesagt haben.« Offenbar sprach ich inzwischen nicht nur im Schlaf, sondern auch tagsüber, wenn ich ganz in Gedanken war.

»Schön, dass es noch so fröhliche Menschen gibt.«

Erst jetzt sah ich mir den Taxifahrer genauer an. Ein junger Mann mit Rastalocken und einem frechen Grinsen im Gesicht.

»Und gekichert haben Sie wie ein junges Mädchen.«

»Wie bitte?«

»Ist doch schön. So, wir sind da.«

Ich gab dem freundlichen Fahrer ein großzügiges Trinkgeld, stieg aus und eilte zum Haus. Kaum dass ich die Tür aufgeschlossen hatte, rief ich: »Rudolf!« Aber es gab keine Antwort. Wo war er nur?

»Rudolf!« Ich lauschte, wieder kein Wort. Im ganzen Haus gab es keine Spur von ihm. Schließlich überwand ich mich und stieg in den Keller hinab. Dunkle Räume, die ich normalerweise mied, weil es dort unten – bitte lachen Sie nicht –, weil es da unten Mäuse gab. Ich glaube, ich würde in meinem Leben lieber Schlangen oder Gerichtsvollziehern begegnen als Mäusen. Schon klar, dass von den kleinen Nagern keine echte Gefahr ausging, aber sie waren so schnell und unberechenbar. Was mich stutzig gemacht hatte, war, dass unten im Keller irgendwo Licht brannte.

Ein fahler Lichtschein fand seinen Weg nach oben. Als ich auf abermaliges Rufen nach Rudolf keine Antwort erhielt, atmete ich tief durch und beschloss, meine Mäuse-Phobie zu überwinden.

Die kleine Holztreppe knarzte unter jedem meiner Schritte, und ich stützte mich an der leicht feuchten Wand ab. Modriger Geruch. Mir war klar, warum ich die Welt hier unten immer gemieden hatte.

Es war eine einzelne Glühbirne, die an einem Ende des Kellergangs von der Decke baumelte und dämmrig funzelte. Vielleicht war Rudolf hier unten im Keller gewesen und hatte vergessen, das Licht zu löschen. Aber was hatte er hier gewollt? Und wo war er jetzt? Hier unten jedenfalls nicht. Oder wollte er mir einfach nicht antworten? Hatte er hier unten etwas zu verbergen?

Da erspähte ich im Dunkeln etwas, das sofort meine Aufmerksamkeit erregte. In einem Holzregal neben verschiedenen Gläsern und Metallboxen stand eine Flasche. Es war nicht irgendeine Flasche. Ich trat einen Schritt näher an das Regal, meine Augen hatten sich noch nicht ganz an das dämmrige Licht gewöhnt. Ich zögerte, dann war mir klar: Diese Flasche im Regal vor mir war dieselbe Flasche, die wir gestern im Sand entdeckt hatten. Jedenfalls sah sie genauso aus. Wie war sie hierhergekommen? Hatte Rudolf sie geholt? Und wenn ja, warum hatte er mir nichts davon gesagt? Das war alles sehr rätselhaft. Ich streckte eine Hand aus, um die Flasche aus dem Regal zu nehmen, als ich aus den Augenwinkeln heraus einen kleinen Schatten auf dem Boden sehen konnte. Und dann noch einen. Und noch einen. Mäuse! Es mussten Mäuse sein. Ich schrie so laut ich konnte. »Aah!«

Es schauderte mich, Schritt für Schritt trat ich den Rückzug an, Richtung Holztreppe. Da wieder ein Schatten. Mein Schritt gefror. Es war mir unmöglich weiterzugehen. Ich hörte von oben ein Geräusch, dann eine Stimme. Eine vertraute Stimme. Es war Rudolf.

»Else! Bist du da unten?«

»Ja«, antwortete ich. Es war mehr ein Krächzen denn ein Rufen.

Rudolf rettete mich.

# Elf

Ich bin noch mal losgefahren, weil ich uns etwas Besonderes zu essen kaufen wollte.«

»Und was gibt es?«, fragte ich.

»Eine Dorade in Salzkruste.«

Ich war gerührt, wussten wir beide doch, dass das eine meiner absoluten Lieblingsspeisen war. Wir saßen uns am Küchentisch gegenüber.

»Else, ich bin nicht mehr der Jüngste.«

»Aber jünger als ich. Was soll ich denn sagen?«

»Ach du! Du wirst immer jung bleiben, Else. Ich weiß nicht, in welchen Jungbrunnen du gefallen bist.«

»Jetzt reicht es. Oder willst du, dass ich rot werde?«

Rudolfs Lächeln ging in einen ernsten Ausdruck über, er fuhr sich leicht fahrig mit der Hand über das Gesicht. Ich glaube, er zitterte.

Ich stand auf, ging um ihn herum, legte von hinten die Arme um ihn und drückte meinen Kopf gegen seine Schulter. »Bitte sag mir, was los ist. Was hast du? Es macht mich ganz verrückt zu spüren, dass dich etwas bedrückt, aber nicht zu wissen, was.«

Rudolf stand nun ebenfalls auf, drehte sich zu mir und küsste mich zärtlich auf den Mund. »Gut, Else. Du hast recht. Wir reden. Aber erst, nachdem wir gegessen haben. Mit vollem Magen lebt es sich leichter.«

»Ist es denn so schlimm?«

»Nein, so schlimm ist es nicht.«

Ich glaubte ihm nicht, auch wenn ich ihm so gern glauben wollte. Aber da sich Rudolf schon voller Elan und Freude ans Kochen gemacht hatte, wollte ich ihn nicht aufhalten. In der Küche waren unsere Rollen klar verteilt. Er war der Chef und ich die Hilfskraft. Das Beste, was ich als Küchenhilfe erwarten konnte, war ein Lob in der Richtung: »Also die Karotten hast du ganz ordentlich geschnipselt.« Darüber freute ich mich schon wie ein kleines Kind. Rudolf wiederum war mit sich selbst sehr kritisch, probierte hier und da, ließ auch mal mich an den Probierlöffel. Meist war ich begeistert. Er fand immer, dass er etwas noch besser hätte machen können. Liebe geht durch den Magen.

Rudolf hatte sich seine Lieblingsschürze umgebunden – »Hier kocht der Chef« stand darauf –, während ich einen Kittel umhatte, geblümt, viel zu weit für so ein zierliches Wesen wie mich. Aber er war ein Geschenk von ihm, und so trug ich ihn voller Liebe und Stolz. Wenn mein Liebster auch am Herd ein Magier war, so verstand er von manch anderen Sachen eher weniger. Mode gehörte dazu. Ach Mode! Ihm fiel nicht mal auf, ob irgendwas überhaupt passte oder nicht. Aber war das so wichtig? Nein!

Ich wedelte mit meinem offenen Kittel wie ein Stierkämpfer mit dem Tuch und tanzte ausgelassen um ihn herum. Ich war in diesem Augenblick glücklich. Alles andere war wie weggeblasen, vergessen, ohne Bedeutung. Rudolf betrachtete seine verrückte Lebensgefährtin ungerührt, so als würde sich das hoffentlich bald wieder geben, und blieb konzentriert in seiner Welt.

»Kannst du mal bitte etwas Rosmarin von draußen holen?«

»Aber klar, Chef.«

»Das merk dir bitte, wenn du mal wieder etwas an mir zu meckern hast. Das mit dem Chef.«

»Hab ich nie. Etwas zu meckern.«

»Und was war letzte Woche?«

»Was war denn da?«

»Da war ich mal wieder nicht richtig angezogen.«

»Bitte erspar mir die Erinnerung. Punkt eins: Warum muss der Mensch an nur zwei Füßen verschiedenfarbige Socken anziehen? Links blau und rechts schwarz?«

»Weil das sowieso niemand sieht.«

»Das glaubst du. Mir wär das peinlich gewesen, wenn die anderen das mitbekommen hätten.«

»Ach.«

»Ja, ach.«

Er hielt inne, das große extrascharfe Messer in der rechten Hand haltend. »Ich bin dir also peinlich?«

»Natürlich nicht.«

»Das wollte ich hören.« Seine Augen blinzelten frech. »Und wo bitte bleibt der Rosmarin?«

»Jawohl, Chef. Ist unterwegs.«

Rudolf schüttelte den Kopf und beugte sich zu mir. »Wenn uns jemand sehen könnte.«

»Verstehe schon. Alt und durchgeknallt. Altsein allein reicht wohl nicht, würde man sagen.«

Er lachte laut und begann zu singen. Ein falscher Ton folgte dem anderen. So wie immer, wenn er sang. Kyra jaulte und jammerte. Wir hatten in unserer verliebten Küchenorgie den Hund gar nicht weiter wahrgenommen.

»Besser, du nimmst sie mit. Vielleicht muss sie mal raus.«

Während Rudolf sein Lied vom Meer und der Liebe trällerte, schlüpfte ich in meine Gummistiefel, warf mir einen Pullover über und rief den Hund. »Komm schon, Kyra.« Als ich von innen die Haustür öffnete, beugte ich mich zu ihr hinunter. »Ich weiß schon, warum du jaulst. Mir geht es genauso. Aber lassen wir ihm die Freude an seinem Gesang.« Kyra – ich schwöre es – spitzte die Ohren und nickte dann seufzend.

Draußen war es schon merklich kühler geworden, auch weil die Sonne inzwischen untergegangen war. Die Luft war klar und rein. Kyra tollte herum und warf sich selbst einen Tennisball in die Luft, um diesen sofort darauf zu jagen. Ich schaute mich um, genoss die Aussicht, die für mich nicht neu war, aber immer wieder betörend. Mein Blick blieb an dem großen Neubau hängen, nicht weit entfernt von uns, etwas weiter weg vom Kliff. Ein paar Lichter brannten. Offenbar war der neue Nachbar, der Stiernacken, eingezogen. Mit unangenehmem Schaudern dachte ich an das Zusammentreffen zurück. Das versprach nichts Gutes. Abwarten, was da noch kommen sollte. Ich ging zurück ins Haus.

»Weißt du, wen ich heute hier getroffen habe?«

»Nein. Soll ich raten?«

Rudolf nahm mir den Rosmarin aus der Hand und widmete sich seinen Töpfen. Sein Kopf glänzte rot, nicht von der Hitze, sondern von der Aufregung. Das war das Fantastische an ihm. Kochen konnte ihn zugleich entspannen und mächtig ins Schwitzen bringen. Er wollte es einfach perfekt machen.

»Ja, rate doch mal.«

»Frau Kotschinsky, die komische Alte, die uns immer wieder zum Mitmachen auf dem Flohmarkt überreden will.«

»Hallo, sie ist noch keine fünfundsechzig, und selbst wenn, bitte nicht so herablassend, was ihr Alter betrifft.«

»Schon gut, war nicht so gemeint. Also, die nicht. Wer dann?«

»Du sollst doch raten.«

In diesem Moment durchzuckte es mich, ich dachte an Otti. Schließlich hatte ich ihn *auch* getroffen, fraglos in einer eher unpassenden Situation. Das hatte ich völlig verdrängt. Von ihm wollte ich nicht erzählen. Und schon gleich gar nicht von Belmondo. Mir war die Lust am Ratespiel vergangen.

»Ach komm, ich sag es dir. Ich weiß auch gar nicht, wie er heißt. Aber ich denke, es war unser neuer Nachbar.«

»Der, der diesen großen Kasten hingebaut hat? Der gar nicht hierherpasst.«

»Ja, ich denke schon, dass der es war.«

Rudolf sagte nichts weiter.

»Willst du nicht wissen, was passiert ist?«

»Nein, ich will über diesen Herrn lieber nicht reden.«

Ich merkte, dass Rudolf so gar keine Lust hatte, sich weiter zu unterhalten. Also ließ ich es.

Das Essen schmeckte herrlich. Rudolf war besser als jeder Fernsehkoch, auch wenn mit keinerlei Sternen dekoriert. Er selbst war der Stern! Ganz ehrlich, ich erinnere nicht mehr, worüber wir so gesprochen haben, was wir uns erzählt haben, worüber wir gelacht haben oder auch mal sinniert. Vielleicht haben wir auch gar nichts gesagt, sondern nur diese göttliche Speise genossen.

Nach dem Essen haben wir uns nebeneinander auf das Sofa gekuschelt, ich habe meine Beine unter die Wolldecke gesteckt, und Rudolf hat an seinem schottischen Whisky genippt. Schluck für Schluck. Das Wasser des Lebens wollte genossen werden und nicht hinuntergeschüttet. Kyra knabberte an einem Knochen, schon über zehn Minuten, aber sicherlich nicht, weil sie sich Zeit lassen wollte oder den Genuss so lange wie möglich hinausdehnen. Er war einfach sehr hart. Hin und wieder blickte sie zu uns beiden, und dann wedelte sie mit dem Schwanz.

Entschlossen wollte ich nun endlich das Thema zur Sprache bringen, das mich am meisten interessierte: Rudolfs seltsames Verhalten. Doch er kam mir zuvor.

»Wo warst du denn heute, Else?«

Warum fragte er mich das? Hatte er mich vielleicht in der Stadt gesehen? »Ich war etwas spazieren.«

»Wo denn? Am Wasser?«

»Nein, in der Stadt.«

»Hast du was gekauft?«

»Nein.«

»Hast du jemanden getroffen?«

Wie eine Erscheinung aus dem Jenseits trat neben Otti nun Belmondo vor mein inneres Auge. Ich sagte nichts.

»Was ist denn mit dir, Else?«

»Warum?«

»Du zitterst.«

»Vielleicht hatte ich heute zu wenig an und habe mich verkühlt.«

»Soll ich dir eine heiße Zitrone machen?«

Er war einfach ein Schatz. Er ging zum Küchenbrett, dorthin, wo die Obstschale stand. Vielleicht hätte ich ihm von Belmondo erzählen sollen. Aber ich konnte nicht. Da klingelte es an der Haustür. Verdutzt schauten wir uns beide an. Wer konnte das sein?

»Sollen wir überhaupt aufmachen?«

»Nein. Wir sind nicht zu Hause.« Ich lächelte. »Allerdings wird uns das keiner glauben, solange man hier drinnen Licht brennen sieht.«

»Vielleicht sind wir beschäftigt«, meinte er.

Ich zögerte. Dann ging ich entschlossen und von Kyra eskortiert zur Haustür. Davor stand ein Mann, edel gekleidet. Mich haute es nach hinten. Vor der Tür stand Belmondo. In der Einfahrt hatte er den Rolls-Royce geparkt.

# *Zwölf*

Ich schnappte nach Luft und wankte leicht, wie eine Pappel im Wind.

»Was machen Sie denn hier?«

»Das wollte ich Sie auch gerade fragen, schöne Frau.«

»Wie kommen Sie darauf, mir einfach zu folgen? Ich hatte Ihnen gesagt, dass ich das nicht will.«

Belmondo runzelte die Stirn, sein Lächeln ging in eine ernste Miene über. Er kratzte sich am Kinn. »Verstehen Sie mich nicht falsch. Ich habe die Stunden mit Ihnen überaus genossen, natürlich würde ich Ihnen überallhin folgen. Nur um Sie wiederzusehen. Und wenn mich der Weg quer durch Wüsten und über Berge führen würde.«

»Bitte ersparen Sie mir dieses Gesülze. Das beeindruckt mich überhaupt nicht. Ich höre gar nicht hin. Ich würde Sie jetzt bitten, wieder zu gehen.«

Belmondo nickte mir freundlich zu, machte aber keine Anstalten, sich zu verabschieden. »Ich fürchte, das werde ich nicht.«

»Oh doch! Haben Sie nicht verstanden? Und ich glaube nicht, dass Sie sich dem Wunsch einer Dame widersetzen wollen.«

Von drinnen hörte ich Rudolfs Stimme. »Else, was ist denn? Wer ist denn da?«

Ich zögerte, machte zu Belmondo eine Handbewegung,

dass er sich jetzt endlich verabschieden könne, und drehte mich dann Richtung Hausflur um. »Nichts. Es ist nichts.«

»Aber was machst du denn so lange an der Tür?«

»Ich ... ich ...« Mir fehlten die Worte, jedenfalls die richtigen.

Belmondo füllte die Pause und flüsterte mir zu. »Vielleicht darf ich Ihnen etwas erklären ...«

»Ich finde, es ist nicht der richtige Zeitpunkt. Und Ihre Erklärung will ich sowieso nicht hören.«

»Ich bewundere Ihre Entschlossenheit. Toll!«

»Ich will keine Bewunderung.«

»Sehen Sie, Else, ich bin ...«

Aus dem Haus hörte ich wieder die Stimme von Rudolf: »Else, soll ich kommen? Brauchst du Hilfe?«

Belmondo wollte noch etwas sagen, aber ich beschloss, das Heft des Handelns in die Hand zu nehmen. Ich schloss die Haustür mit sanftem Druck, wobei ich nicht weiß, ob ich nicht Belmondos Nase dabei ein kleines bisschen eingedrückt habe. Entschlossen ging ich zu Rudolf ins Wohnzimmer zurück.

»Was war denn, Else?«

Ich versuchte es mit einem abrupten Themawechsel, so unauffällig wie ein schwarzes Schaf im Schnee. »Ich finde, wir sollten morgen mal nach den Tomaten sehen.«

»Das fällt dir jetzt ein?«

»Warum nicht?«

»Else, was ist mit dir? Wer war denn an der Tür?«

»Ein Mann.«

»Was für ein Mann?«

Ich wollte Rudolf nichts davon erzählen, dass Belmondo und ich einen – wie ich zugeben muss – ziemlich angenehmen Nachmittag miteinander verbracht hatten. Andererseits wollte ich ihn auch nicht direkt anlügen. »Ein Mann, der sich verlaufen hat.«

»Wohin wollte er denn?«

»Das weiß ich nicht.«

»Woher weißt du dann, dass er sich verlaufen hat?«

»Bitte, Rudolf, wollen wir den ganzen Abend über fremde Männer sprechen?«

»Nicht? Lieber über Tomaten?«

»Sag ich doch, wir müssen morgen mal sehen, ob da welche schon überreif sind.« Er runzelte die Stirn, ich pickte einen nicht vorhandenen Fussel von meiner Bluse.

In dem Augenblick klingelte Rudolfs Handy, das im Regal lag. Besser gesagt: Es sang wie eine Nachtigall. So hatte er den Klang eingestellt. Rudolf wollte nicht aufstehen, der Vogelgesang ging weiter.

»Willst du nicht rangehen?«

»Ich hab keine Lust. Egal, wer es ist.« Doch schließlich gab er nach, stand auf und warf einen Blick auf das Display. Überrascht wandte er sich an mich. »Das ist die Nummer meines Bruders.«

»Dein Bruder?«

Er nickte.

Ich wusste, dass Rudolf einen älteren Bruder hatte, wusste aber auch, dass die beiden wenig oder fast keinen Kontakt miteinander hatten. Während mein Liebster bescheiden, heimatverbunden, ziemlich erdig lebte, war, soweit er mir das erzählt hatte, sein Bruder das völlige Gegenteil. Ein wohlhabender, sehr erfolgreicher Geschäftsmann. Ein Kosmopolit, immer irgendwo auf der Welt unterwegs. Rudolf mochte ihn, aber andererseits ging er ihm wohl auch gehörig auf die Nerven. Die beiden lebten in zwei Welten. Das mochte auch der Grund sein, dass er nun zögerte, das Gespräch anzunehmen. Das Handy in der Hand, starrte er abwechselnd mich an, dann auf das Display. Die Nachtigall sang. Und da ich wusste, dass Rudolf keine Mailbox installiert hatte, konnte das noch ewig so weitergehen. Er wollte keine Mailbox haben, dann müsste er ja eventuell jemanden zurückrufen. Ebenso hasste er es, selbst auf eine Mailbox zu sprechen. Er tat das nie!

»Willst du nicht rangehen?«

»Ich weiß nicht. Ich weiß ja nicht, was er will.«

»Das wirst du noch weniger erfahren, wenn du nicht rangehst.«

»Das letzte Mal haben wir uns vor fast zwei Jahren gesehen.«

»Na also, da wird es auch mal wieder Zeit.«

»Meinst du?«

»Ja, außerdem lerne ich ihn so vielleicht mal kennen. Fände ich schön.«

Rudolf nickte nachdenklich, drückte einen Knopf auf seinem Handy und nahm das Gespräch an. »Hallo.« Er lauschte. »Das ist ja mal eine Überraschung.« Wieder lauschte er. Er sah zu mir her, unsicher, während seine Blicke nervös hin- und herwanderten. »Wo bist du?« Er glotzte mich an. »Du bist wo?« Er zuckte mit den Schultern, fragender Blick. »Nein, ich bin nicht taub geworden.«

Ich trat einen Schritt auf ihn zu, er nahm das Handy herunter und hielt es mit der Hand zu.

»Mein Bruder sagt, er steht vor der Tür. Du hättest ihn wohl vorher missverstanden.«

# Dreizehn

Ich wollte schlucken, das ging aber nicht, weil sich schlagartig ein riesiger Kloß in meiner Speiseröhre gebildet hatte. Ich lächelte gequält. Sehr gequält.

Friedrich war ein Lebemann, ein Geschäftsmann, aber auch ein Künstlertyp. Deswegen hatte er sich auch einen Künstlernamen zugelegt – Friedrich von Heuensleben. Als Rudolf schließlich die Tür geöffnet und seinen Bruder hereingelassen hatte, begrüßten sich die beiden herzlich und umarmten sich. Ich wiederum entschuldigte mich für das »Missverständnis« und wurde von Rudolf als seine Lebensgefährtin vorgestellt. Natürlich konnte es Belmondo – ich für mich blieb lieber bei diesem Namen – nicht lassen, mich sofort mit einem Kompliment zu bedenken. Begleitet von einem Handkuss. Er wandte sich an Rudolf.

»Mein Lieber, da reise ich Jahr für Jahr um die Welt, komme herum wie sonst höchstens noch der Außenminister in seiner Dienstmaschine, aber wo treffe ich die tollste Frau überhaupt? Bei dir in deinem Haus. Ich gratuliere.«

Ich sah, dass Rudolf sich fast hätte übergeben müssen, und dachte mir: Schleimer, sprach es aber nicht aus.

Belmondo war für ein paar Tage im Hotel Fürstenhof abgestiegen, dem ersten Haus in unserer Stadt. Ich hatte das von einem größeren Park umgebene schlossähnliche Hotel noch nie von innen gesehen. Wer will auch schon fünf Euro für einen Cappuccino ausgeben? Oder sechzehn Euro für ein kleines Sandwich?! Ich wiederhole: Sechzehn! Rudolfs Bruder erschien die Firstclass-Bleibe natürlich als einzige standesgemäß. Verstehen Sie mich nicht falsch. Belmondo war kein Protzer, auch wenn er vielleicht manchen so erscheinen mochte. Er sprach einfach mit so einer Selbstverständlichkeit von Dingen, die andere Menschen ein ganzes Monatsgehalt kosten würden, dass einem schwindlig werden konnte. Womit er sein Geld verdiente, hatte ich nur ansatzweise verstanden. Ich würde mal sagen, Belmondo war ein Multi-Unternehmer. Mal hier eine Beteiligung, mal dort ein paar Anteilsscheine. Ein bisschen Kunsthandel und natürlich Wetten. Ich meine nicht Wetten in der Spielbank oder auf der Rennbahn. Nein! Ich spreche von Geldwetten auf irgendwelche Kurse und Finanzentwicklungen. Ich verstehe überhaupt nichts davon. Und auch Rudolf hatte mit dieser Welt nichts zu tun. All sein bisschen Geld hatte er in das Häuschen gesteckt. In unser inzwischen gemeinsames Nest. Und während sein Bruder bei seinen Reisen rund um den Erdball sein Vermögen mehrte, hatte Rudolf zeit seines Lebens glücklich und zufrieden in und mit seinem Geschäft verbracht. Hatte ich das schon erwähnt? Mein Liebster war bis vor etwa zehn Jahren Besitzer eines kleinen Spielwarenladens gewesen, Schwerpunkt: Modelleisenbahnen. Den Laden gibt es leider nicht mehr. Sein Nachfolger hatte ihn nicht lange nach der Übernahme aufgeben müssen. Ich glaube nicht, dass er als Inhaber viel falsch gemacht hatte, vielleicht war die Zeit für solche Geschäfte einfach vorüber. Rudolf durfte sie noch erleben, die glänzenden Kinderaugen, nicht nur zur Weihnachtszeit. Aber wenn man die

Dinge einfacher im Internet bestellen konnte, dann wurde es für die kleinen Händler eben schwer. Die Zeiten hatten sich geändert.

Belmondo war gerade aus Lyon gekommen, der Stadt in Frankreich, die bekannt für ihre zahlreichen Delikatessen ist. Der Heimat von Paul Bocuse. Wir ließen uns all seine Mitbringsel schmecken. Pasteten aller Art, herzhaften Ziegenkäse, Trüffelpralinen, Salami mit Kräutern. Und dazu Burgunder. Auch wenn die beiden Brüder so wenig gemein hatten, so verlief der Abend erstaunlich harmonisch, unterhaltsam und amüsant. Das mag auch ein bisschen am Alkohol gelegen haben. Wenn ich ehrlich bin, war es nicht eine Flasche, sondern es waren zwei Flaschen Rebensaft. Oder sogar drei? Köstlich.

Auch wenn es mir etwas Bauchgrimmen bereitete, wollte ich Rudolf gegenüber nicht zugeben, dass Belmondo und ich uns schon kannten. Ich wollte es einfach nicht. Außerdem hätte ich dann auch verraten müssen, in welcher Situation ich seinen Bruder kennengelernt hatte. Als ich mich heimlich auf seine, Rudolfs, Spur gesetzt hatte. Gott sei Dank verstand mich Belmondo ohne große Worte, und wir hatten eine stillschweigende Übereinkunft. Der gemeinsame Nachmittag sollte unser kleines Geheimnis bleiben. Das hieß: Wir hatten uns vorher noch nie gesehen.

Nur einmal wäre ich beinahe aufgeflogen, als unser Gespräch auf Kreuzfahrten zu sprechen kam. Ich hatte in meinem Leben noch nie an so etwas teilgenommen. Meinem verstorbenen Mann Robert und mir wäre es erstens zu teuer gewesen, und außerdem – ganz ehrlich – dachte ich mir immer, dass es nur etwas für alte Leute ist. Also für richtig alte Leute. Ich jedenfalls fühlte mich noch nie so alt, dass mich eine Kreuzfahrt reizte.

Aber auch Rudolf konnte ich mir schlecht an Bord eines Dampfers vorstellen. Alleine der Gedanke an eine bestimmte Kleiderordnung. Captain's Dinner?! Mit Rudolf? Das wäre fast so, als würde ein Rocker in Lederkutte einen Häkelkurs bei der Volkshochschule besuchen. Ich saß zwischen »meinem« Rudolf in seiner etwas ausgeleierten Strickjacke und den Filzpantoffeln an den Füßen und Belmondo in seinem modischen Leinenanzug und farblich passenden, extrem modischen Slippern an den Füßen.

»Und wie war nun Tobago?«

Rudolf horchte auf. »Woher willst du denn wissen, dass Friedrich dort war?«

»Weil ... weil ...« In Wahrheit wusste ich es, weil er mir nachmittags davon erzählt hatte. »Weil ...« Ich suchte nach den passenden Worten. Als ich ins Stocken kam, sprang mir Belmondo bei. »Weil ich Else davon erzählt habe.« Schweißausbruch auf meiner Stirn. Was sollte das denn werden?

»Wann denn?«, wollte Rudolf wissen.

»Vorhin, als du kurz mit Kyra draußen warst, da habe ich ihr davon erzählt«, entgegnete Belmondo lässig.

Rudolf blickte zu dem Hund, als wollte er auch dessen Meinung hören. Doch der Hund schlief. Offenbar träumte er von einem Rennen. Denn während er auf dem Teppich lag, zuckten seine vier Beine unregelmäßig, aber schnell. Rudolf blickte leicht skeptisch zwischen seinem Bruder und mir hin und her.

Ich fühlte mich – verzeihen Sie mir den Ausdruck – sauunwohl. War ich gerade dabei, meine große Liebe zu betrügen? Aber ist es nicht manchmal besser zu schweigen? Manches ändert sich wahrscheinlich nie im Leben, egal wie alt man wird. Die Gefühle. So wie etwa die Liebe, aber auch die Eifersucht. Auch mit achtzig benimmt man sich bisweilen albern, wenn Herzensdinge ins Spiel kommen.

Ich fühlte mich an jenem Abend nicht nur räumlich zwischen zwei Männern. Natürlich wusste ich, wo ich »hingehörte«, aber mein kleines Geheimnis des Nachmittags mit Rudolfs Bruder wollte ich mir nicht nehmen lassen. Wer hat im Leben schon die Gelegenheit, Belmondo zum Kaffee zu treffen? Ich … Oma Else!

Ich genehmigte mir noch einen Schluck Rotwein, obwohl ich so viel Alkohol normalerweise gar nicht vertrug. Es konnten auch mehrere Schlucke gewesen sein. Mir wurde schummrig. Ich hatte meine Brille auf, konnte aber das Gefühl nicht loswerden, sie nicht mehr auf der Nase zu haben. So unklar wurde die Welt. Ich kann mich nur noch daran erinnern, dass Belmondo sich gegen Mitternacht verabschiedete. Aber wir würden uns sicher wiedersehen, sagte er zum Abschied. Er würde noch länger in der Stadt bleiben. Im Fürstenhof. Das Hotel sei ja wirklich »ganz nett«. So charmant er auch sein konnte, manchmal hatte er schon einen ziemlichen Hang zum großspurigen Sprücheklopfer.

Die Nacht verbrachten Rudolf und ich in einem Bett. Ich hatte mich zu ihm gelegt. Zwei Löffelchen. Wir waren beide angedüdelt, und es war schön, so zu liegen. Der Mond blickte neugierig ins Zimmer, und irgendwann begann Rudolf zu schnarchen. Aber in dieser Nacht störte es mich nicht. Es war für mich ein Zeichen der Sicherheit. Wie hieß es mal: Männer schnarchen nur, um die wilden Tiere zu vertreiben.

Es war schon hell, als ich am nächsten Morgen aufwachte. Mein Kopf schmerzte leicht, wenn auch nicht so schlimm wie befürchtet. Sicherlich hatte Belmondo uns einen edlen Tropfen mitgebracht. Keinen Kopfschmerzwein. Ich lag in meinem eigenen Bett, konnte mich aber nicht so recht erinnern, wie ich dahin gekommen war. War ich selbst gegangen? Oder hatte mich Rudolf getragen? Nein, das konnte nicht sein. Denn auch wenn ich kein schwerer Brocken war, wäre es ihm wohl unmöglich gewesen, mich hochzuheben, geschweige denn mich über den Flur bis in mein Bett zu tragen. Ich musste wohl selbst gegangen sein. Mein Blick glitt Richtung Fußboden, zu meinen Hausschuhen. Keine Erinnerung. Irgendwie schämte ich mich. Dann stand ich auf.

Als ich einen Blick aus dem Fenster warf, traf mich beinahe der Schlag. Was war denn da passiert? Das ganze Gerümpel, das normalerweise in der Garage stand – dafür musste Rudolfs Wagen draußen bleiben –, war auf die Wiese geräumt worden und verteilte sich dort zu einem großen Chaos. Dazwischen stapfte Rudolf in Gummistiefeln und in Latzhose herum – zwischen Kisten, Altreifen und Metallschrott. Ich wollte das Fenster öffnen, um ihm zu rufen. Aber es klemmte. Also warf ich mir den Morgenmantel über und eilte die Treppe nach unten. Ich wollte schon die Haustür öffnen und nach draußen stürmen, als ich merkte, dass Rudolf nicht alleine war. Er hatte Besuch. Otti war da. Ich zögerte. Wollte ich ihm begegnen? Nach dem peinlichen Zusammentreffen in der urologischen Praxis gestern? Ich musste nicht lange nachdenken. Die Antwort war nein.

# Vierzehn

Ich trieb mich im Häuschen herum, immer mal wieder einen Blick nach draußen riskierend, ob denn Otti noch da war. Er war! Die beiden unterhielten sich eindringlich, so viel konnte ich sehen. Gleichzeitig flüsterten sie oder sprachen jedenfalls so leise, dass ich nichts von dem verstehen konnte, was sie sagten. War meine Vermutung richtig, dass Otti etwas mit Rudolfs seltsamer Veränderung zu tun hatte? Warum war Otti um die Zeit nicht in der Bank? Ging es um seine Freundin? Ich hatte Fragen über Fragen, aber keine Antworten.

Schließlich verabschiedete sich Otti von Rudolf und brauste mit dem Moped davon. Keine drei Sekunden später eilte ich aus dem Haus.

»Guten Morgen, Schatz, was machst du denn da?«

Rudolf kam zu mir und küsste mich kurz.

Ich blickte mich demonstrativ um.

»Was meinst du?«

»Ich meine das Chaos, das du hier anrichtest.«

»Wieso Chaos? Andersrum wird ein Schuh draus. Ich räume auf.«

Ich kannte Rudolf gut genug, um zu wissen, dass er nicht der geborene Aufräumer war. »Bitte, Rudolf, nimm mich nicht auf den Arm. Wir wissen beide, dass du hier nicht aufräumst.«

Er wich meinem Blick aus. Mit der Spitze seines rechten Gummistiefels kickte er in den Lehmboden. »Schon kapiert. Dir kann ich nichts vormachen!« Na, diese Erkenntnis kam ihm noch rechtzeitig.

»Also?«

»Ich suche was.«

»Und was, wenn ich fragen darf?«

Er überlegte einen Moment, tat so, als müsste er gerade in dem Moment in einer Kiste kramen. »Einen Wagenheber.«

»Wie bitte? Was?«

»Ich hatte mal einen Wagenheber, so einen großen, wie es ihn in einer richtigen Werkstatt gibt.«

»Und den suchst du jetzt? Gerade jetzt?«

»Ja«, sagte er trotzig wie ein kleines Kind. Es fehlte gerade noch, dass er dazu mit dem Fuß aufstampfte.

Ich versuchte, mich nicht aufzuregen. Es misslang. Ich ahnte, dass Rudolf gerade keinen Wagenheber suchte. Besser gesagt, ich war mir ziemlich sicher. »Ich weiß nicht, was nun schon wieder in dich gefahren ist. Aber ich sage dir, langsam … ganz langsam regt mich das alles sehr auf. Rudolf, was ist hier los?«

Rudolf zuckte zusammen, da ich lauter geworden war und er das von mir gar nicht kannte. Ich kannte mich übrigens selbst nicht mehr.

»Bitte, Else, jetzt beruhige dich. Ich habe dir gesagt, es ist alles in Ordnung. Du musst bitte ein bisschen Geduld haben. Ich werde alles in Ordnung bringen.«

»Ha! Jetzt haben wir es doch. Was willst du in Ordnung bringen?«

Rudolf kaute auf seinen falschen Zähnen herum, sagte

nichts, stattdessen meldete sich hinter mir plötzlich eine andere Stimme. Es war Otti. Ich hatte sein Moped gar nicht kommen gehört.

»Entschuldigung, wenn ich störe. Ich hab nur was vergessen. Ich hatte noch so eine Tüte dabei.« Er schaute mich an, lächelte kurz. »Hallo, Else.«

Auch ich grüßte ihn freundlich mit einem Nicken, auch wenn mir sein Auftauchen in diesem Moment nicht sonderlich recht war. Rudolf gab Otti eine kleine Tüte, einen Jutesack mit bunter Aufschrift.

Otti nahm sie dankbar lächelnd. »Da sind leckere Buttercroissants dabei. Für Jutta. Die liebt sie. Hatte ich extra schon beim Bäcker besorgt.«

Ich war überrascht, hatte Rudolf mir doch erzählt, dass Otti wieder alleine war. Dass er und seine Freundin sich getrennt hatten.

»Wie schön. Dann geht es euch beiden also gut?«

Otti war sichtlich überrascht, Rudolf dagegen verunsichert. »Ja, wieso?«

»Ich dachte …« Ich blickte zu Rudolf, der meinem Blick auswich.

Nein, dieses Thema, diese Baustelle wollte ich jetzt nicht aufmachen. Auch wenn Rudolf mir erzählt hatte, dass die beiden sich getrennt hatten, wollte ich mich nicht einmischen. »Nichts.« Mehr wollte ich nicht dazu sagen, zumal Otti auch in Eile war.

»Ich muss dann wieder. Ich bin schon spät dran.« Damit startete er sein Moped und wollte sich den Helm aufsetzen.

Ich blickte auf meine Armbanduhr. »Die Bank hat schon lange auf. Nicht, dass du zu spät kommst.«

Otti runzelte die Stirn, blickte zu Rudolf, dann zu mir, dann wieder zu Rudolf. »Ach so, die Bank.« Dann knatterte er los und grüßte mit einer Geste, die vielleicht lässig gemeint war, aber eher hektisch wirkte. Offenbar hatte er keine Lust mehr auf eine weitere Unterhaltung.

Wir beide, Rudolf und ich, schauten Otti nach. Als er um die Kurve gebogen war und sich der sandige Staub wieder auf die Straße gelegt hatte, ging ich einen Schritt auf Rudolf zu.

»Bitte, lass uns so nicht weitermachen. Ich will jetzt endlich wissen, was los ist.«

»Du hast recht, Else.«

»Warum erzählst du mir, dass Otti getrennt ist, wenn das gar nicht stimmt? Und warum räumst du plötzlich wie ein Wahnsinniger rum? Was hat dich so verändert?«

Rudolf kratzte sich hektisch am Kopf. Aber ich war noch nicht fertig. Er wich meinem Blick aus.

»Und da ist noch etwas. Ich hätte es fast vergessen. Was hat es mit dieser Flaschenpost auf sich?« Bei dem Wort »Flaschenpost« ging ein Zucken durch seinen Körper, das mir nicht verborgen blieb. Er räusperte sich mehrfach und hüstelte vor sich hin.

»Wie kommst du jetzt auf diese Flaschenpost?«

»Ich habe sie gesehen.«

»Wo?«

»Bei uns im Keller.«

»Das kann nicht sein.«

»Du machst mich noch ganz wahnsinnig, Rudolf. Was soll das alles?«

Ich hatte sie dort gesehen. Zumindest war ich mir sehr sicher, auch wenn ich in dem ganzen Durcheinander der letzten Zeit vergessen hatte, noch mal nach der ominösen Flasche zu schauen. Ich konnte mich nicht so getäuscht haben. Ich weiß auch nicht, warum ich in dem Moment auf dieses Thema gestoßen war. Ich hatte es einfach im Gefühl, dass diese kleine Flasche eine größere Bedeutung für uns haben sollte.

»Wir gehen jetzt in den Keller, und ich zeige sie dir.«

»Nein, das machen wir nicht.«

»Warum?«

»Weil ich dir etwas zu sagen habe.«

»Oh, das ist ja mal eine Idee. Der Herr hat mir was zu sagen.«

# Fünfzehn

Rudolf kaute verlegen auf seiner Unterlippe herum. Seine Hände verkrallten sich in den Hosentaschen. Er tat mir schlagartig leid, so wie er vor mir stand. Man konnte ihm ansehen, dass ihn etwas bedrückte. Aber was?

»Tut mir leid. Ich wollte nicht so unwirsch sein, Liebster.«

Er schwieg, suchte nach den richtigen Worten. Aber mehr als ein Stammeln kam nicht heraus. Tränen stiegen ihm in die Augen.

Ich fasste ihn an den Händen und zog ihn zu mir. »Jetzt komm mal her. Ich will dir mal was erklären.«

Er starrte mich mit großen Augen an. »Ja?« Er zögerte, und ich ergriff das Wort.

»Vielleicht ist dir aufgefallen, dass wir beide keine fünfzehn mehr sind. Nicht mal drei mal fünfzehn oder vier mal fünfzehn. Wir sind zwei wirklich alte Leute. Wir haben uns gefunden, und ich hoffe, dass wir uns nie wieder verlieren. Ich weiß nicht, ob ich dir sagen kann, wie sehr ich das Leben an deiner Seite liebe. Das Leben mit dir in diesem wunderschönen Haus. Nie wieder will ich hier weggehen. Ich denke, wir zwei gehören zusammen.«

Rudolf starrte mich weiter an. Ich wollte das nicht, aber ich hatte ihm eine Liebeserklärung gemacht, vielleicht weil ich spürte, dass er diese Unterstützung brauchte. Über das Gesicht dieses Mannes, »meines« Mannes, über seine

Wangen liefen ein paar Tränen. Er wischte sie mit einer Hand weg.

»Ach Else, wenn du wüsstest …«

Aber da folgte kein Satz, sondern nur ein Schniefen. Da war es wieder, dieses bockige Schweigen. Es war zum Haareraufen. Ich hätte es auch getan, mir die Haare zu raufen, aber ich sehe furchtbar aus mit zerrupften Haaren. Also ließ ich es und tippte ihm dafür mit dem Zeigefinger gegen sein Holzfällerhemd. »Bist du krank? Ist es das? Gibt es etwas, das du mir nicht sagen willst, weil du mich nicht belasten willst? Kannst du dir nicht vorstellen, dass es mich noch viel mehr belastet, wenn du mir nichts sagst? Wenn du mir eine Krankheit verschweigst?«

Rudolfs Unterkiefer klappte ganz langsam nach unten, und sein Blick verriet eine Mischung aus Überraschung und Ungläubigkeit.

»Wie kommst du darauf, dass ich krank bin?«

»Warum solltest du sonst zum Urologen gehen?«

»Wohin bin ich gegangen?«

»Zu einem Urologen. Das ist ein Arzt, zu dem vor allem Männer gehen, wenn ich mich nicht irre.«

»Else, ich weiß, was ein Urologe ist und was er macht. Aber wie kommst du darauf, dass ich bei einem Urologen war? Du weißt, dass ich Ärzte hasse. Ich gehe zu keinen Ärzten.«

»Eben drum.«

»Was?«

»Eben drum war ich ja so überrascht. Wo sollst du denn sonst gewesen sein? Vielleicht beim Gynäkologen?«

»Hä??! Wie kommst du denn darauf?«

»Ich bin dir gefolgt.«

»Du bist was?«

»Ich habe gewusst, dass du mir etwas verheimlichst, und da habe ich beschlossen, der Sache auf den Grund zu gehen, und bin dir gefolgt.«

Ich glaubte selbst nicht, dass das meine Worte waren. Aber es stimmte, es waren meine Worte, denn ich hörte sie klar und deutlich. Mein Gott, was war denn in mich gefahren? Warum wollte ich mich jetzt unbedingt offenbaren? Mich und meine kleinen Geheimnisse?

Ich war mächtig in Fahrt, was auch Rudolf nicht entgangen war, denn ohne sich dessen bewusst zu sein, war er ein paar Schritte rückwärtsgegangen – nur weg von mir.

»Ich bin aber nicht krank.«

»Wir sind aber in einem Alter, da kommen Krankheiten zu einem wie Motten zum Licht. Das ist so. Leider. Das ist bei anderen nicht anders.«

»Else, ich bin aber nicht krank!«

»Sondern?«

»Wie kommst du überhaupt darauf, mir zu folgen?«

»Lass das, wechsel nicht das Thema. Das spielt hier keine Rolle. Außerdem habe ich es dir eben erklärt.«

Zu dumm, dass ich meine Position in der Auseinandersetzung freiwillig geschwächt hatte. Typisch Oma Else. Das wäre gar nicht nötig gewesen. Aber wenn ich schon mal zur Ehrlichkeit übergegangen sein sollte, dann konnte Rudolf auch gerne alles wissen.

»Außerdem habe ich Otti nackt gesehen.«

»Wie?«

»Bei diesem Urologen.«

»Else, du überraschst mich.«

»Also bitte glaube mir, das war kein schöner Anblick. Es war nicht so, dass ich das überhaupt gewollt habe.«

Ich kann nicht verhehlen, dass Rudolf mich so anschaute, musterte, als wäre bei mir gerade eine Tasse aus dem Schrank gefallen. Mindestens eine. Eine gewisse Skepsis in seinem Blick war unschwer zu übersehen.

»Und außerdem muss ich dir noch etwas sagen.«

»Noch etwas?«

»Ja.«

»Was denn noch?«

Er wurde ganz bleich, und mir schien, als ob seine Ohren schlackerten und seine ohnehin schon wuscheligen Haare sich aufstellten, als hätte man sie mit einem Kamm elektrisiert.

»Es betrifft deinen Bruder.«

Fragender Blick.

Ich holte tief Luft, um richtig auszuholen – verbal, versteht sich –, als man plötzlich eine Nachtigall hörte. Es war die Nachtigall, die sang. Besser gesagt, es war Rudolfs Handy, das sich mit diesem seltsamen Klingelton meldete.

Er zögerte einen Moment, schaute mich an, schüttelte kurz den Kopf und griff dann in seine Hosentasche. »Entschuldige, Else.« Er warf einen Blick auf das Display, und sofort änderte sich seine Körperhaltung. Man hätte fast den Eindruck haben können, dass ein Blitz durch ihn gefahren war. Hektisch fummelte er mit dem Gerät herum und eilte weg. Das Einzige, was für mich blieb, war: »Da muss ich kurz rangehen.«

Offenbar wollte er nicht, dass ich das Gespräch mitbekam. So schnell habe ich Rudolf noch selten im Haus verschwinden sehen. Aber nicht mit mir. Ich wollte ihm hinterher. Dieses Mal würde ich nicht den Fehler machen und mir ein wichtiges Telefonat entgehen lassen.

# Sechzehn

Ich eilte los, den Blick schon Richtung Haustür. Ich weiß nicht, ob ich an der Kiste mit den Plastikrohren hängen blieb oder an dem alten Kanister, in dem was weiß ich drin war. Tatsache ist, dass meine Füße sich verhedderten, beide nicht mehr die richtigen Schritte machen konnten und ich deswegen wie ein gefällter Baum lang gestreckt nach vorn fiel.

Ich rappelte mich schnell wieder auf, auch wenn mir alle Glieder wehtaten. Vor allem der rechte Knöchel schmerzte, als ob ein Traktor drübergefahren wäre. Auf meinem buntfarbigen Sommerkleid zeichneten sich dunkle Erdflecken ab. Ich versuchte, den Dreck vom Stoff zu klopfen. Vergeblich. Feuchter Schmutz lässt sich nicht so leicht abklopfen. Aber die Schmerzen und alles andere waren schnell vergessen. Denn natürlich wollte ich mich nicht von dem Ziel meines kleinen Hundertmeterlaufs abhalten. Wer hatte Rudolf angerufen? Und worum ging es eigentlich?

Während ich losrannte, fingerte ich nach dem Hausschlüssel in meiner Hosentasche. Ich war hektisch, sodass mir kurz vor der Haustür der Schlüssel runterfiel. Fast wäre er mir in den kleinen Schacht vor einem der Kellerfenster gefallen. Gerade rechtzeitig konnte ich ihn noch greifen und wie einen Gewinn in meiner Faust ballen. Bei dem Rettungsversuch war ich in die Knie gegangen. Beim

Aufstehen schmerzten mir die Glieder, und ich musste einen Moment durchschnaufen. So kam es, dass ich Rudolfs Stimme hörte – aus dem Keller! Er war zum Telefonieren in den Keller gegangen. Wer macht denn so was!? Doch nur jemand, der etwas zu verbergen hat. Hitze stieg mir in den Kopf und Ärger ins Herz. Rudolfs Stimme klang leise, fast zu leise, als dass man etwas hätte verstehen können. Ich beugte mich zu dem Kellerfenster. Es waren nur vereinzelte Wortfetzen zu vernehmen. Das ergab alles keinen rechten Sinn. Ein weiterer Versuch: Ich legte mich bäuchlings neben den kleinen Schacht und beugte den Kopf hinunter. Hinunter in den Schacht. Auch wenn Rudolfs Stimme einen Tick deutlicher zu hören war, so war sie immer noch ziemlich dumpf – und undeutlich! Oder vielleicht waren es auch meine Ohren, die nicht richtig funktionierten. Zum Verzweifeln war das.

Mit einem Mal wurde Rudolfs Stimme klarer. Konnte sein, dass er im Keller näher ans Fenster getreten war. »Nein, nein. Ich habe sonst mit niemandem darüber gesprochen ...«

Dann schwieg er eine Zeit lang, offenbar lauschte er seinem Partner am anderen Ende der Leitung. Dafür meldete sich plötzlich eine Stimme, halb hinter, halb über mir.

»Entschuldigung.«

Entschuldigung? Ich hatte im Moment keine Zeit und auch keinen Bedarf an einer anderen Unterhaltung. Lieber wollte ich Rudolf bei seinem Telefonat belauschen.

»Geht es Ihnen gut?«

Was sollte ich machen? Mich tot stellen? Das hätte nichts gebracht. Zumal ich eine Idee hatte, wer hinter mir stand. Der Nachbar – Herr Stiernacken.

»Sie sind doch nicht etwa … Fehlt Ihnen was?«

Ich wollte mich nicht umdrehen. Ich wollte meine Ruhe, ich hatte wahrlich anderes zu tun, wollte nicht gestört werden, und das sagte ich auch ohne Umschweife.

»Vielen Dank der Nachfrage. Nein, mir fehlt nichts. Auf Wiedersehen.«

Von drinnen aus dem Haus drangen vereinzelt Worte von Rudolf, der sich ganz offensichtlich wieder etwas vom Fenster entfernt hatte, undeutlicher wurde. Von hinter mir drang tiefes Schnaufen.

»Ich habe hier etwas für Sie.«

»Was denn?«

»Ja, wenn Sie vielleicht mal schauen wollen.«

Ich dachte nach. Langsam wurde die ganze Situation etwas abstrus, so ging es nicht weiter. Ich zog den Kopf aus dem Schacht, wobei ich gegen das Gitter stieß. Mühsam rappelte ich mich auf und baute mich mit meiner ganzen Größe auf, mit meinen nicht mal 1,60 Metern. Es war Herr Stiernacken, der Nachbar. Er hatte seinen Blick nicht unter Kontrolle, sah mich an, als wäre ich geradewegs aus den Tümpeln des Hades wieder ans Licht der Erde getaucht. Ich riskierte einen kurzen Seitenblick und schaute an mir nach unten. Und wirklich: Ich sah schrecklich aus.

»Gartenarbeit?«

»Wie bitte?«

»Ich meine, Sie sehen aus, als wären Sie gerade bei der Gartenarbeit.«

Auch gut. »Ja, Sie haben recht. Da ist immer viel zu tun. Mal dies, mal das.«

»Tut mir leid, wenn ich Sie dabei störe. Ich wollte Ihnen nur etwas vorbeibringen.«

Wie zu einem Tusch holte er nun eine Hand nach vorn und präsentierte mir einen Blumenstrauß, den er hinter dem Rücken versteckt hatte. Der Strauß war riesig. So riesig, dass sogar der mächtige Stiernacken dahinter fast verschwand. Die Blumen mussten ein Vermögen gekostet haben.

»Der ist für Sie.«

»Für mich?«

»Ja, ein kleiner Gruß von Nachbar zu Nachbar. Sie wissen sicherlich, dass wir vor Kurzem hierhergezogen sind. Als kleine Entschuldigung.«

Sein Kopf lugte an einer Seite hinter dem Strauß hervor. Er grinste.

»Sie meinen als Entschuldigung, dass Sie mich beinahe überfahren hätten.«

»Na ja, das ist vielleicht ein kleines bisschen übertrieben.«

In diesem Augenblick hörte man aus dem Keller wieder Rudolfs Stimme. Dieses Mal lauter. »Ja unbedingt. Bitte mach das. Bitte!«

Herr Stiernacken sah mich fragend an. Mit einem Mal wurde mir klar, dass der Blumenstrauß zwar wirklich schön sein mochte, aber Störung blieb Störung. Und im Augenblick störte mich dieser Mann wahnsinnig. Also packte ich den Strauß und riss ihn meinem Gegenüber geradewegs aus der Hand.

»Vielen Dank, das wäre nicht nötig gewesen. Aber ich habe leider keine Zeit.«

Er war verdattert über meine klaren Worte. Der Strauß war so schwer, dass ich ihn fast nicht nach oben halten konnte.

»Ja, dann gehe ich mal wieder.«

»Ja. Das machen Sie. Vielen Dank für Ihren Besuch.«

Er war sich nicht ganz sicher, ob ich ihn wirklich so schnell raus-, besser gesagt wegkomplimentieren wollte. Aber meine entschlossene Miene unterstrich meine Worte. Ich wage zu behaupten, dass ich normalerweise kein unfreundlicher Mensch bin. Weiß Gott nicht. Da können Sie gerne den da oben im Himmel fragen. Oder auch meinen verstorbenen Robert, der auch da oben weilt. Aber im Augenblick störte Herr Stiernacken nur. Und schließlich begriff er das und machte sich vom Acker. Wie ein begossener Pudel schlich er von dannen. Ich hatte kein gutes Gefühl. So richtig toll war das nicht von mir gewesen. Aber es gab Dinge, die waren im Augenblick wichtiger. Mit dem Strauß eilte ich zur Haustür. Ich musste meine ganze Kraft bemühen, dass die Blumen nicht mit den Köpfen am Boden schleiften.

Drinnen legte ich die Blumen auf der Holztruhe im Flur ab und schaute Richtung Keller.

# Siebzehn

Die Tür zum Keller stand offen. Als ich nach unten steigen wollte, erschien Rudolf vor mir. Er hatte einen hochroten Kopf und musterte mich voller Sorge.

»Else, wie siehst du denn aus?«

»Ich bin hingefallen.«

»O mein Gott, hast du dich verletzt?«

»Nein, nicht schlimm. Es geht schon wieder.«

»Nein, das sieht gar nicht gut aus. Tut es sehr weh?«

»Nein, überhaupt nicht.« Ich ging ein paar Schritte, es tat so weh, dass ich humpelte.

»Komm, ich bring dich nach oben.«

»Warum?«

»Damit ich dich verarzten kann.«

»Du bist aber kein Arzt, Rudolf.«

»Du weißt genau, wie ich es meine. Bitte, Else, jetzt lass dir doch helfen.«

In dem Augenblick fühlte ich einen stark stechenden Schmerz oberhalb meiner rechten Kniescheibe. Ich musste mich geschlagen geben, und Rudolf half mir nach oben. Von dem Blumenstrauß auf der Holztruhe nahm er keinerlei Notiz.

Mein Liebster konnte ein Schatz sein. Er brachte mir Tee ans Bett, legte hier und da ein Kissen unter, und natürlich brachte er auch ein nasses Tuch gefüllt mit Eiswürfeln zum Kühlen, damit die Schmerzen nachließen. Er drehte das Radio auf, in dem wie zufällig eine meiner Lieblingssendungen lief. Wunderbare Musik mit schönen Melodien. Ich schloss für einen Moment die Augen. »Liebe Else …«, hörte ich Rudolf sagen.

Als ich wieder aufwachte, fühlte ich fast keinen Schmerz mehr. Wie ein Wunder kam es mir vor. Allerdings – vielleicht sollte ich mir Gedanken machen, dass ich so schnell dazu neige, ein kleines Nickerchen einzulegen. Obwohl, wenn ich so recht darüber nachdachte, hatte ich diesen, sagen wir, Tick schon immer. Ich neigte zum Sekundenschlaf – der sich auch mal auf drei Stunden ausdehnen konnte.

Ich stand auf und suchte ein frisches Kleid aus dem Schrank, kontrollierte meine Haare und eilte nach unten. Ich wollte nun endlich eine Aussprache mit Rudolf. Dieses Mal wollte ich Antworten.

Ich war alt genug, um zu wissen, dass das Leben eine Achterbahnfahrt ist. Es geht immer rauf und runter – sicher nicht nur in meinem Leben. Wenn ich nur an meinen verstorbenen Robert dachte. Auch wenn wir ein wunderbares Leben in Zweisamkeit geführt hatten, so gab es auch bei uns Donnerwetter, Blitze und schlechte Tage. Glauben Sie ja nicht, dass immer nur Sonnenschein herrschte. Aber – und damit komme ich wieder auf die Achterbahn zurück – man sollte nie vergessen, mit wem man im Wagen sitzt. Mit wem man den Wagen teilt. Freudenschreie und Aufregung. Alles gemeinsam.

Rudolf hatte den Blumenstrauß des Nachbarn in einen Eimer gestellt und mitten in der Stube auf einen Hocker platziert. Auch wenn gestalterische Dinge, neben modischen, nicht zu seinen Stärken gehörten, so hatte er das mit Charme und Fantasie getan. Denn der schnöde grüne Eimer war mit glitzerndem Geschenkpapier umwickelt. Und wenn ich es recht bedachte, war es auch die einzige Chance, diesen Riesenstrauß unterzubringen. Keine unserer Vasen war auch nur annähernd groß genug, um die Blumen aufzunehmen. Ich rief nach ihm, aber es kam keine Antwort.

Rudolf war unauffindbar. Wo auch immer ich ihn im Häuschen suchte, er war verschwunden. Selbst im Keller, in den ich mich nach kurzem Zögern abermals traute, war keine Spur von ihm. Und auch die Flasche, die Flaschenpost, war verschwunden.

Mein Ärger wich einer Sorge. Warum war Rudolf einfach so verschwunden? Und er hatte nicht einmal eine Nachricht hinterlassen. Keinen Zettel auf dem Küchentisch.

Mit leicht zittrigen Händen ging ich an mein Handy und wählte seine Nummer. Normalerweise ging Rudolf selten an sein Handy. Er war auf diesem Weg schlichtweg nie zu erreichen. Entweder war die Kiste ganz ausgeschaltet, oder er ließ es einfach klingeln, hörte das Klingeln nicht oder wollte es nicht hören. Im Ergebnis war es das Gleiche. Rudolf und sein Handy gehörten zusammen wie ein Pinguin und die Sahara.

Unruhig ließ ich mein Handy sinken und ging ein paar Schritte in der Küche auf und ab. Da klingelte es plötzlich. Sofort nahm ich das Gespräch an und hielt das Telefon ans Ohr.

»Bist du das, Rudolf? Wo bist du?« Kurze Pause.

»Nein, ich bin's.« Es war Belmondo. »Aber ich soll dir etwas von meinem Bruder ausrichten.«

# Achtzehn

»Wie bitte? Was sollst du mir ausrichten?«

»Er hat mir gesagt, er müsste kurzfristig weg, und du sollst dir keine Sorgen machen.«

»Und das konnte er mir nicht selber sagen?«

»Ich weiß nicht. Ich glaube, er wollte dich nicht stören.«

»Und ich glaube, er war einfach zu feige. So war das!«

Ich war auf hundertachtzig. Das Vibrieren musste man auch am anderen Ende der Leitung gespürt haben, denn Belmondo verstummte für einen Augenblick. Ungewöhnlich für einen Mann, aus dem normalerweise die Worte nur so heraussprudelten wie klares Wasser aus einer Bergquelle.

»Bist du noch dran?«

»Ja, bin ich.«

»Mehr hat er nicht gesagt? Nicht, wohin er gefahren ist? Nicht, was er eigentlich vorhat?«

»Nein, tut mir leid.«

»Das glaube ich dir nicht. Er wird doch dir, seinem Bruder, mehr erzählt haben.«

»Warum? Wenn er nicht mal dir mehr erzählt hat.«

Da hatte er recht. Das war das Schlimme. Rudolf hatte Geheimnisse vor mir, und zwar gewaltige. Das war es, was mir den wahren Stich ins Herz versetzte. Wir waren doch keine Teenager mehr, die sich mit allerlei Spielereien durchs Leben schlängelten. Unser beider Leben war auf der Zielgerade, wobei man das Ziel noch nicht so klar sehen konnte, aber man wusste schon, da vorn irgendwo war es – nicht weit weg. Wir waren glücklich hier in unserem Häuschen. Was wollte Rudolf? Wollte er alles zerstören? Sicher nicht, aber er war auf dem besten Weg dazu, wenn er so weitermachte.

Ich setzte mich auf einen Hocker und merkte erst, als Belmondo so seltsam leise und entfernt klang, dass mir ganz in Gedanken der Arm mit dem Telefon in der Hand nach unten gesunken war.

»Else. Else«, war Belmondo leise zu hören. »Bist du noch dran?«

Ich nahm das Handy langsam wieder ans Ohr. »Ja, bin ich. Vielen Dank, dass du mir Bescheid gesagt hast. Wiederhören.«

»Halt, warte, da ist noch was.«

»Was ist denn noch?«

»Rudolf meinte, dass ich mich ein bisschen um dich kümmern soll, während er weg ist.«

»Wie bitte?«

»Na, dass wir zwei etwas zusammen unternehmen könnten.«

»Ich glaube, ich höre nicht richtig. Ich brauche kein Kindermädchen.«

»Also so war das nicht gemeint.«

»Und einen … Auftragsgalan schon gleich dreimal nicht. Ich wünsche dir noch einen schönen Tag.«

Damit legte ich auf, besser gesagt drückte ich das Gespräch weg und warf spontan das Handy verärgert in die Ecke. Ich bin natürlich gleich hinterhergehechtet, um zu sehen, ob es noch ganz war. Ein kaputtes Telefon hätte ich in der Situation nicht gebrauchen können. Vielleicht wollte Rudolf anrufen. Aber das Handy war Gott sei Dank unversehrt.

Es wäre sicherlich schön gewesen, sich noch mal mit Belmondo zu treffen. Aber ich war viel zu aufgeregt, um es genießen zu können. Außerdem schlichen sich ganz andere Gedanken bei mir ein: War denn Rudolf nicht ein bisschen eifersüchtig bei der Vorstellung, dass ich mit seinem Bruder gemeinsam Zeit verbrachte? Offenbar nicht, wenn er es schon selbst vorschlug. Was hatte das zu bedeuten? Bedeutete ich ihm nichts mehr? Warum? Gab es jemand anderes in seinem Leben? Eine andere Frau? War das der Grund seiner Veränderung?

# Neunzehn

Die nächsten Stunden verbrachte ich damit, dass ich viel machte und gleichzeitig wiederum nichts. Ich entwickelte eine Art Hyperaktivität, die keinen Sinn ergab und auch zu nichts führte. Zuerst räumte ich die Stube um, verstellte die Möbel, um schließlich alles in die Ausgangsposition zurückzuschieben. Ich räumte die Küche auf, packte die Sachen aus den Regalen, wischte überall feucht durch und brachte anschließend alles wieder an seinen richtigen Platz. Man muss immer feucht durchwischen, sonst bringt das nichts. Ich machte mir mindestens sechs Tassen Kaffee, wobei ich aber nur drei trank. Denn sonst wäre mir das Koffein bis in die Haarspitzen gestiegen und hätte mich noch hippeliger gemacht.

Schließlich war ich trotz Kaffee und trotz innerer Aufregung so kaputt und müde, dass ich mich in den kleinen Korbsessel setzte, den Rudolf mir vor ein paar Wochen geschenkt hatte. Wir hatten ihn bei einem Sonntagsspaziergang in der Stadt im Schaufenster eines Händlers entdeckt, und Rudolf entging nicht, wie sehr er mir gefiel. Aber natürlich erschien er mir viel zu teuer. So sehr waren wir zwei Alte nicht auf Rosen gebettet, dass wir uns solchen Luxus hätten leisten können. Also blieb der Sessel im Schaufenster, und wir schlenderten Arm in Arm zu unseren Rädern und fuhren nach Hause. Keine drei Tage später, als ich gegen Abend mit Kyra noch zu einem Abendspaziergang aufbrechen wollte, fiel mir ein riesiges Paket auf, das mitten auf der Wiese vor unserem Häuschen stand. Herrlich verpackt, mit farbig leuchtendem Papier und einer großen roten Schleife drum herum. Auch wenn Rudolf sehr unschuldig tat, war mir sofort klar, dass er hinter der Aktion stehen musste. Das Beste war: Er hatte den Korbsessel so verpackt, unter so vielen Schichten Papier, dass wir zu zweit jede Mühe hatten, ihn freizulegen. Schließlich stand er da. Ich fiel Rudolf um den Hals und drückte ihn. Er wehrte meinen Dank ein bisschen verlegen ab und verwies stattdessen auf ein kleines Päckchen, das noch auf dem Sessel lag. Ich wollte es öffnen, als Kyra angebraust kam und es schnappte. Sie rannte damit weg. Während ich versuchte, ihr das Päckchen wieder abzuluchsen, bekam Rudolf einen Lachanfall, der schier nicht enden wollte. Er hielt sich den Bauch und wieherte wie eine Herde Pferde. Was ihn so erheiterte, verstand ich erst, als Kyra, die sich von mir nicht hatte einfangen lassen, mit ihren Zähnen das Papier von einem Knochen gerissen hatte. Das war es! Rudolf hatte nicht nur mir diesen tollen Sessel geschenkt, sondern auch an den Hund gedacht. Ich hätte ihn knuddeln können. Und das habe ich auch getan. Und jetzt? Wo war er?

Ich schob den Sessel so, dass ich die goldenen Strahlen der Nachmittagssonne genießen konnte, schloss die Augen und ließ die Wärme über mein Gesicht gleiten. Als es klingelte, schoss ich sofort hoch, fingerte nach meinem Handy und schaute auf das Display. Unbekannte Nummer. Es war nicht Rudolfs Nummer, die da aufleuchtete. Leicht zögernd drückte ich eine Taste.

»Hallo?«

»Ich bin's.«

»Wer?«

»Ja, ich.«

Ich erkannte die Stimme. Es war Belmondo. Er klang aufgeregt und hektisch.

»Was ist denn?«

»Du musst mir helfen, Else!«

»Was ist denn passiert?«

»Das sage ich dir, wenn wir uns sehen.«

»Ich will erst wissen, was passiert ist.«

»Das kann ich dir am Telefon nicht sagen. Bitte, du musst mir helfen.«

Keine Ahnung, wobei ich ihm helfen sollte, er wollte auch überhaupt nichts rauslassen. Aber er schaffte es mit seinen gekonnten Worten, mich um den Finger zu wickeln. Wenn ich seine Beschreibung richtig verstanden hatte, war er auf einer kleinen Landzunge, nicht weit von uns entfernt. Spaziergänge mit Kyra führten uns hin und wieder dorthin, war es doch ein idyllischer Ort mit wenig Menschen, dafür einer herrlichen Aussicht. Dort sei er, warte auf mich und brauche meine Hilfe, hatte er mir eindringlich erklärt. Ich schnappte Rudolfs Rad – meins war noch in der Stadt – und fuhr los. Kyra wollte mitkommen und rannte schon mal voraus.

Der Weg zu der Landzunge führte Kyra und mich an dem Palast unseres neuen Nachbarn, des Stiernackens vorbei. Ich verlangsamte meine Fahrt und blickte über die noch jungfräuliche Hecke. Da musste noch einiges wachsen, bis es richtig grün werden würde. Kein Mensch war zu sehen, auch Stiernacken nicht. Plötzlich – wie von Geisterhand – setzten sich die Rollos des Erdgeschosses gleichzeitig in Bewegung und fuhren sanft nach unten. Ein beeindruckendes Schauspiel. Ich hielt an und schaute gebannt zu, bis alle Fenster verschlossen waren.

In der Ferne blinzelte die Sonne über dem Horizont. Entschlossen machte ich mich auf das letzte Stück meiner Fahrt bis zu der Stelle, die mir Belmondo beschrieben hatte.

Ich entdeckte den Rolls-Royce schon aus der Ferne, geparkt am Ende des Sandwegs. Eigentlich war es verboten, so weit zu fahren. Aber kein Wunder, Belmondo hatte sich nicht darum gekümmert. Was für kleinliche, weltliche Gebote sollten einen künstlerischen Weltbürger wie ihn auch stoppen können? Die letzten Meter hatte ich kräftigen Gegenwind, fast so stark, dass ich das Rad hätte schieben müssen. Doch mit aller Kraft trat ich in die Pedale und erreichte den parkenden Wagen. Wie durch ein Wunder war es mit einem Mal windstill. Das war hier oft so. Sosehr es auch gleich um die Ecke stürmen mochte, hier herrschte idyllische Ruhe. Deswegen war diese Stelle auch ein Lieblingsort von Rudolf und mir geworden.

Ich lehnte mein Rad an einen Baum und blickte mich um. Am Ende der Landzunge konnte ich Belmondo sehen, der mir winkte und langsam in meine Richtung kam.

»Wunderbar! Ich freue mich so, dich zu sehen.«

»Was ist denn passiert?«

»Du siehst umwerfend aus. Als der liebe Gott Charme und Ausstahlung verteilt hat, hast du sicher mehrmals ›Hier!‹ gerufen.«

»Bitte, lass das!«

»Ich werde wohl noch die Wahrheit verkünden dürfen.«

Ich sah, dass in einiger Entfernung ein Tisch aufgebaut war, konnte aber nicht mehr erkennen, denn Belmondo verstellte mir mit seinem Körper die Sicht – absichtlich.

»Ich sehe zerzaust und ganz strubbelig aus. Ich sehe furchtbar aus. Dafür brauche ich nicht mal einen Spiegel. Und außerdem ...« Ich tippte Belmondo mit meinem rechten ausgestreckten Zeigefinger mitten gegen seinen Brustkorb. Er blieb allerdings stehen wie eine Eiche. »... und außerdem habe ich dir vielleicht noch nicht verraten, dass ich nicht auf solche Komplimente stehe. Ich mag keine Schleimereien.«

»Du kränkst mich, Else.«

»Wenn das so ist, tut es mir leid, lässt sich aber nicht ändern. Also was ist passiert?«

»Komm, ich muss dir was zeigen.«

# Zwanzig

Er bot mir einen Arm an, und nach anfänglichem Zögern hakte ich mich ein. Nebeneinander schlenderten wir den kleinen Pfad entlang, links und rechts die Meeresbucht. Kyra tollte neben uns durchs Wasser.

Belmondo hatte am Strand ein herrliches Picknick aufgebaut. Ein Tisch mit weißer Decke war mit Silberbesteck und Kristallgläsern gedeckt. Blumen waren verstreut, und zahlreiche Speisen hatte er perfekt auf mehreren Platten verteilt. Gefüllte Auberginen und Weinblätter. Gratinierte Ziegenkäse mit Walnüssen. Einen Meeresfrüchtesalat zwischen Fenchel angerichtet. Eine Quiche mit Trüffeln, bei der mir schon beim Geruch das Wasser im Mund zusammenlief. Es gab Scheiben eines rosarot gebratenen Entrecotes. Auch Kyras Nase reckte sich in die Höhe, was Belmondo nicht entging. Er hatte auch an sie gedacht. Für Kyra gab es Hundeköstlichkeiten. Nur Premiumqualität natürlich. Was anderes wäre Belmondo gar nicht in den Sinn gekommen.

Neben dem Tisch stand ein Kühler mit mehreren Flaschen, darunter Champagner und ein Rosé aus der Provence. Ich war geplättet, konnte meine Blicke schwerlich von all den Speisen lassen, während Belmondo neben mir ein Grinsen nicht unterdrücken konnte, wie ich aus den Augenwinkeln bemerkte.

»Was soll das?«

»Ich hab dir doch gesagt, dass du mir helfen musst.«

»Wie bitte?«

»Ja klar. Du musst mir helfen, all diese Köstlichkeiten zu verspeisen. Alleine würde ich das nie schaffen. Und ich wollte es auch nicht.«

»Du spinnst.«

»Nein, ich will nur einen herrlichen Abend mit einer wunderschönen Frau genießen. Einer Frau, wie sie mir in meinem ganzen Leben noch nicht begegnet ist.«

»Vorsicht, keine solchen Komplimente bitte.«

»Oh ja, soll nicht wieder vorkommen.«

Ich war beeindruckt – und ich war gerührt. Noch nie in meinem ganzen Leben hatte ein Mann so einen Zauber für mich veranstaltet. Verstehen Sie mich nicht falsch. Ich habe Robert geliebt, genauso wie ich jetzt sicher bin, Rudolf zu lieben. Aber ich war in dieser Sekunde auch nur eine Frau.

»Weißt du was?! Das beeindruckt mich überhaupt nicht. Was glaubst du eigentlich, wen du vor dir hast? Ich bin nicht käuflich. Außerdem ist es eine Unverschämtheit, mich so reinzulegen. Ich hatte mir wirklich Sorgen um dich gemacht. Ganz schön blöd von mir. Weißt du was? Ich gehe jetzt nach Hause!«

»Aber …«

Ich hatte kehrtgemacht und war auf dem Rückweg zu meinem Rad, sodass ich nicht sehen, nur ahnen konnte, wie Belmondo der Mund offen stand. Mit so einer Reaktion, so einer harschen Abfuhr hatte er sicher nicht gerechnet. Er war ganz offenbar sprachlos, während ich ein paar Schritte durch den Sand weiterstapfte. Dann blieb ich unvermittelt stehen, drehte mich um und rief: »Was ist? Willst du nicht endlich den Champagner öffnen? Von alleine geht die Flasche sicherlich nicht auf!«

Belmondo brauchte einen Moment, bis er verstanden hatte, dass ich mir einen kleinen Scherz erlaubt hatte. Dann zog ein Lächeln der Erleichterung über sein Gesicht. Er eilte zu dem Kühler und nahm die Flasche heraus. Kyra hatte meine kleine Aufführung nur beiläufig zur Kenntnis genommen. Sie wäre wohl auch nicht mit mir nach Hause mitgekommen. So sehr mundeten ihr Rinderpansen, Lammohren und Schweinenasen.

»Nun sind wir quitt«, meinte ich trocken und ging ein paar Schritte zurück zu Belmondo. Es war herrlich. Dieser Mann, der sich gerne weltmännisch und selbstsicher gab, war mit einem Mal aufgeregt wie ein kleines Kind. Der Korken sprang mit einem schönen Knall aus der Flasche, und das wunderbare Getränk blubberte in den Gläsern.

Ich muss zugeben, dass ich den Abend mit Belmondo am Strand genossen habe. Es waren nicht nur die Leckereien und Köstlichkeiten, die er alle besorgt hatte – mein Gott, das alles musste ein Vermögen gekostet haben. Aber wenn ich es mir recht überlege: Geld ist zum Ausgeben da! Vor allem, wenn man schon ein beträchtliches Alter erreicht hat und keine rechten Erben hatte. Belmondo war, wie ich erfahren hatte, so wie ich auch, ohne Kinder geblieben.

Ich genoss es, mit meinen Füßen im Sand zu spielen, während ich die gratinierten Muscheln verspeiste. Mein Gegenüber drehte mehr und mehr auf, eine Erzählung mündete in die nächste. Er hatte schon ein aufregendes Leben! Aber ob ich mit ihm tauschen wollte?

Schließlich wurde es kühler, die Sonne war schon vor einiger Zeit untergegangen, und der frische Wind blies nun wie meist um diese Zeit von den nahen Bergen Richtung Meer. Ich glaube, ich hatte in meinem ganzen Leben noch nie so viel auf einen Schlag gegessen. Wir ließen uns Zeit, und jeder Bissen wollte für sich genossen werden. Als ich mir zum Dessert ein Parfait aus Mandeln auf der Zunge zergehen ließ – von Belmondo in einer Kühltasche zum krönenden Abschluss aufgehoben –, schloss ich die Augen. Ich wollte mich ganz auf das sinnliche Erleben des Desserts konzentrieren. Aber was passierte? Ich musste mit einem Mal an den Schokoladenpudding denken, den Rudolf so einzigartig zaubern konnte. Ich sah ihn vor mir, und er lächelte mich an. Mein Rudolf! Wo war er nur?

Belmondo bemerkte meine plötzliche Traurigkeit und drückte meine Hand. Das riss mich aus meinen Gedanken. Ich weiß nicht, was ich für Rudolfs Bruder war. Ich war verwirrt.

# Einundzwanzig

Als es weiter abkühlte und die Sterne schon am dunklen Himmel über uns funkelten, räumte Belmondo alles auf und verstaute es im Rolls-Royce. Die herrschaftliche Limousine als Picknick-Wagen. Er verbot mir, ihm irgendwie zu helfen. Es gelang ihm sogar, das Rad unterzubringen. Ich nutzte die Zeit und wollte Rudolf auf seinem Handy erreichen. Aber da kam ich nur an die Mailbox.

Den Weg von unserem idyllischen Ausflug in der Natur zurück in die Stadt verbrachten wir stumm nebeneinandersitzend. Nur Kyra hörte man leise schnarchen. Ob sie vom kulinarischen Füllhorn träumte?

Aus dem Autoradio tönte eine CD, die Belmondo eingelegt hatte. Musik aus den 1930er-Jahren, alte Schlager. Glauben Sie nicht, dass ich nur auf alten Krempel stehe. Alt bin ich selber, da muss nicht alles um mich herum angejahrt sein. Aber es waren herrliche Melodien, toll gesungen. Und vor allem – auch wenn die Musik nun digital von der CD kam – hatte man den Aufnahmen das Originale bewahrt: das Kratzen, das Knistern. Je perfekter etwas wird, desto unmenschlicher wird es auch.

Ich liebte Musik. Schon als kleines Mädchen habe ich mich heimlich in die Kirche unseres Orts gestohlen, um dem Organisten beim Üben zuzuhören. Dabei muss man wissen, dass der gute Mann natürlich als Begleiter der Kirchengemeinde unzählige Kirchenlieder spielen konnte, aber seine Passion galt dem Jazz, wie etwa den Kompositionen von Duke Ellington oder Louis Armstrong. Und deren Lieder interpretierte er auf seine ganz eigene Weise auf der Orgel. Ich war so hin und weg, dass ich oft vergaß, wie spät es war, und deswegen zu spät nach Hause kam. Ich glaube, meine Mutter hatte eine Ahnung von meinem »Hobby«. Mehr als einmal fiel ihr Tadel über meine Verspätung mit einem Lächeln aus. Meine Mutter konnte zwar kein Instrument spielen, aber sie hatte eine klare und helle Stimme. Sie liebte es zu singen, nur für sich. Öffentlich aufgetreten ist sie nie.

Als die Limousine langsam von dem Dünenweg auf die Nebenstraße rollte, musste ich an meine Mutter denken. Und weil ich an ihren so herrlichen Gesang dachte, dachte ich auch an Rudolf. Und wie es klang, wenn er seine Stimme erhob. Wie schauderhaft. Ich vermisste ihn. Ich wollte meine aufkommende Traurigkeit bekämpfen und klopfte mit den Fingern zu der Musik von der CD gegen die Ablage.

Belmondo, der sich auf das Fahren konzentriert hatte oder jedenfalls so tat als ob, blickte zu mir. »Gefällt dir die Musik, Else?«

»Oh ja, ich kenne das Lied. Ich habe diese Melodie schon immer geliebt.«

»Du hast sicherlich eine zauberhafte Stimme.«

»Oh nein. Die willst du nicht gehört haben.«

»Doch. Das will ich – genau jetzt.«

Ich lachte und schüttelte den Kopf. Er summte die Melodie mit und wollte mich so ermuntern einzustimmen. Doch das kam für mich nicht infrage.

»Lass es, mein Lieber.« Oh, das war das erste Mal, dass ich »Mein Lieber« zu ihm gesagt habe. »Ich weiß, was ich kann und was nicht.«

»Dann lass mal hören.«

»Ich habe gesagt, dass ich nicht singen kann.«

»Nein, nein, du hast mich falsch verstanden. Ich meinte, was kannst du denn?«

Ich zögerte, wich seinem Blick aus und lächelte für eine Sekunde in mich hinein.

»Ich hab nicht verstanden. Was hast du gesagt, Else?«

»Ich habe gar nichts gesagt.«

»Aber du wolltest.«

Mein Gott, konnte der Mann hartnäckig sein.

»Als kleines Mädchen, also vor vielen, vielen Jahren ...«

»Ja?«

»Ich liebte das Ballett, und ich liebte das Tanzen ganz allgemein.«

»Das kann ich mir gut vorstellen.«

»Warum?«

»Du bist eine herrlich sinnliche Frau. So ein Wesen muss tanzen können.«

»Ich habe dir schon mal gesagt, dass ich solche Komplimente nicht mag.«

»Wirklich? Das muss ich vergessen haben.«

»Außerdem machen meine morschen Gelenke das nicht mehr mit.«

»Wetten dass doch.«

»Nein. Und vor allem bei schnellem Tempo, da breche ich mir glatt die Beine.«

»Na, das wollen wir mal sehen.«

Mit diesen Worten drückte er das Gaspedal durch und

beschleunigte. Ich wurde in den Sitz gedrückt. Kyra hob verdutzt aus dem Schlaf gerissen den Kopf.

»Hey, was soll das?«

»Lass dich überraschen.«

»Ich hasse Überraschungen.«

»Warum?«

»Na, weil sie immer schlecht ausgehen können.«

»Moment mal, jetzt redest du schon wie mein Bruder. Der alte Schwarzseher. Außerdem können Überraschungen auch ganz schön sein.«

Da hatte er recht.

Mir wurde ganz schummrig bei Belmondos Fahrstil, und ich hielt mich am Türgriff fest.

»Bitte, ich glaube, ich würde gerne nach Hause«, sagte ich.

»Ich bring dich nach Hause.«

»Aber dazu hättest du gerade rechts abbiegen müssen.«

»Ich weiß.«

»Und?«

»Liebe Else, ich bring dich nach Hause, nur nicht jetzt sofort.«

Hatte ich gar nichts mehr zu sagen? Glaubte denn neuerdings jeder, dass er über mein Leben verfügen konnte? Mein Freund verschwand, ohne mich irgendwie einzuweihen. Der Bruder meines Freundes legte mich mit einem miesen Trick rein – gut, das Essen, der ganze Abend waren umwerfend –, dennoch war es ein mieser Trick. Und jetzt wurde ich auch noch entführt. Belmondo bemerkte meine aufkommende leichte Verärgerung.

»Bitte, Else, mach mir die Freude. Ich will dir nur etwas zeigen.«

Kurz darauf standen wir drei vor dem Eingang eines kleinen Hotels, in dessen Keller es regelmäßig Tanzveranstaltungen gab. Zwei Plakate, links und rechts von dem Treppeneingang nach unten, zeugten davon. Auch heute sollte das so sein. Allerdings fiel die Sause wegen Krankheit aus. Das hatte jemand in dicken Buchstaben handschriftlich auf dem Plakat notiert. Belmondo neben mir war fassungslos. Sein Bedauern konnte ich geradezu greifen.

»Das kann nicht sein.«

»Ich fürchte doch, sonst würde es da nicht stehen.«

»Aber …«

Er tat mir leid. Wie ungewöhnlich, dass er nicht der Meister eines Moments war oder sich zumindest so fühlte. Ich nahm seine Hand und drückte sie. Er schien das gar nicht wahrzunehmen, sondern starrte nur auf das Plakat.

Ich hatte plötzlich das Gefühl, dass uns jemand beobachtete, und drehte mich um. Aber da schien niemand zu sein. Dennoch wurde ich das Gefühl nicht los. Kennen Sie das? Wenn man das Gefühl hat, dass man beobachtet wird? Das ist wie ein leichter Schauer, der einem über den Rücken läuft. Aber da niemand zu sehen war, musste ich mich getäuscht haben. Überhaupt wirkte die Straße menschenleer.

Belmondo und ich gingen Hand in Hand zu dem Wagen zurück, als ein anderes Fahrzeug an uns vorbeifuhr. Ich kannte dieses Auto, hatte es schon mal gesehen. Allerdings wurde meine Erinnerung erst konkret, als ich den Mann am Steuer erkennen konnte. Es war Otti. Er sah uns beide nicht – oder er wollte uns nicht sehen. Auf jeden Fall fuhr er an uns vorbei, Richtung Stadtmitte.

»Gut, Else, dann bring ich dich jetzt nach Hause.«

»Nein.«

»Wie?«

»Jetzt möchte ich noch einen kleinen Spaziergang machen.«

»Wirklich?«

»Ja. Lass uns zum Rathaus fahren und von dort zum Hafen hinuntergehen. Und Kyra kann auch einen Spaziergang brauchen, bei dem, was sie alles in sich reingeschlungen hat!«

Der Hund warf mir einen missbilligenden Blick zu. Zu viel gefressen? Das konnte gar nicht sein!

# Zweiundzwanzig

Hafen war vielleicht ein zu großes Wort für das kleine Becken, das unsere Stadt mit dem Meer verband. Aber es war meist ein lebendiger Ort mit ein paar Restaurants, Cafés und Kneipen. Dort war noch etwas los, auch wenn die Stadt sich überall sonst schon aufs Schlafen eingestellt hatte. Hand in Hand schlenderten wir zur Limousine zurück. Im Wagen sprachen wir nichts. Es war eine angenehme Stille. Selbst das Autoradio war aus, und nur das sonore, tiefe Brummen des Motors war zu hören.

Es waren noch einige Menschen um die späte Zeit unterwegs. Ein paar Nachtschwärmer, hier und da ein Tourist, Geschäftsleute nach der Arbeit, junge Partygänger, ein bunt gemischtes Völkchen.

Wir landeten bei Fietje nahe der alten Fischhalle, einem Lokal, das nicht viel geräumiger wirkte als eine große Schuhschachtel. Aus zwei kleinen Lautsprechern über dem dunklen Holztresen drang der Gesang von Seemanns-Chören. Alles ein bisschen bedeutungsschwanger, aber passend für das Ambiente. Ich vertrage keinen Schnaps, aber Belmondo wollte uns beiden unbedingt einen Klaren ausgeben, sodass ich mich diesem Ansinnen schließlich nicht widersetzen wollte. Ich kippte den Alkohol mit einem Schütteln hinunter und stellte das Glas mit lautem Knall auf dem Holz ab. Ich musste lachen, fühlte mich plötzlich wie ein alter Seebär. Fast hätte ich mir mit der Hand über den Mund gewischt. Aber im letzten Augenblick blieb ich dann doch eine ältere Dame. Gott sei Dank! Was hätten der Wirt oder Belmondo von mir denken sollen? Ich kletterte auf den Barhocker, für einen Winzling wie mich eine echte Herausforderung. Belmondo wollte mir helfen, aber ich wehrte entschieden ab.

»Du hast wirklich keine Idee, was mit Rudolf los ist?«, fragte ich.

»Nein, ganz ehrlich, ich habe nicht mal eine Ahnung.«

Meine Füße baumelten in der Luft, ohne Bodenkontakt vom Hocker hängend. Ich musterte Belmondo, der seinen Blick durch ein kleines Fenster nach draußen gerichtet hatte. Wich er mir aus? Ich war mir unsicher, ließ aber meinerseits meinen Blick nicht von ihm. Ich war froh, dass er hier war, froh, dass er mich mit einem Trick zu einem Treffen »überredet« hatte, und froh, dass ich mit ihm nun in dieser Kneipe gelandet war. Ganz ehrlich – das war kein Ort, an den ich normalerweise gegangen wäre.

Während eine klare Tenorstimme ein Lied von Fernweh und fremden Ländern anstimmte, schaute ich mir die holzvertäfelte Wand hinter dem Wirt etwas genauer an. Der Wirt selbst sah im Übrigen so gar nicht nach einem Seebären aus. Gerade mal dreißig Jahre schätzte ich ihn, längere Haare, kein einziges Tattoo war zu sehen. Er trug ein buntes T-Shirt mit dem Abbild einer bekannten deutschen Schlagersängerin.

Dafür waren die »Reliquien« an der Wand »original und echt«. Kleinere Modelle von Schiffen, ein paar Seile – nein, ich denke, es heißt Taue –, Fotos, Zeichnungen aus fernen Ländern und eine Flaschenpost. Sie war geöffnet, und der

Brief, die Nachricht war neben der Flasche an die Wand gepinnt. Natürlich gingen meine Gedanken sofort zu »meiner« seltsamen Flaschenpost. Was hatte es mit ihr auf sich?

»Else?«

»Ja.«

»Was meinst du?«

»Wie?«

»Hast du mir nicht zugehört?«

Belmondo lächelte mich an.

Irgendwie ertappt, rutschte ich auf dem Hocker hin und her.

»Natürlich habe ich dir zugehört. Und ich gebe dir Recht.«

»Ach nein. Das überrascht mich jetzt doch.«

Leichte Verunsicherung befiel mich. Der Wirt grinste, was mich zusätzlich irritierte. Ich wusste nicht, worum es ging.

»Also gut, ich gebe zu, ich war in Gedanken und habe dir gar nicht zugehört. Schlimm?«

»Ja.«

»Vielleicht gibt es ja die Chance, dass du es noch mal wiederholst.«

»Ich habe gesagt, dass du wirklich die tollste, irgendwie auch eigensinnigste, aber auf jeden Fall umwerfendste Frau bist, die ich in meinem Leben jemals getroffen habe.«

Ich wollte schon etwas darauf entgegnen, aber Belmondo stoppte mich mit einer entschlossenen Handbewegung. »O nein. Nicht wieder ›keine Komplimente‹. Das gilt nicht. Du hast selber darauf bestanden, dass ich das Gesagte wiederhole. Und ganz ehrlich, vielleicht sage ich es noch mal.«

Er beugte sich zu mir vor und strich mir über die Wange. Ich ließ es zu, erwiderte diese Geste der Zärtlichkeit sogar, während der Wirt zu uns blickte und gleichzeitig mit etwas ganz anderem beschäftigt war. Oder zumindest so tat als ob.

»Ich will dir eins sagen. Es ist wahrlich schön, dass wir uns kennengelernt haben, aber nun würde ich gerne los.«

Mit diesen Worten rutschte ich vom Barhocker. Belmondo wollte mir helfen, aber er war zu spät. Stattdessen kam er selbst leicht ins Straucheln, und ich musste ihn auffangen. Gemeinsam wankten wir für einen Moment wie ein Baum im Wind, hatten uns aber schließlich gefangen. Er hatte seine Arme um mich gelegt, bis ich mich freimachte und zum Aufbruch drängte. Allerdings war Kyra verschwunden. Wir fanden sie schließlich in der Küche unter einer Bank – irgendetwas fressend, was sie dort gefunden hatte.

Belmondo versprach mir, Kyra und mich nun nach Hause zu bringen, und so rollten wir gemächlich im Rolls-Royce durch das Viertel am Hafen. An einer Ampel ging der Motor aus, und bevor er ihn wieder startete, zögerte Belmondo für einen Moment. Man hörte leise aus der Ferne Musik. Tango!

# Dreiundzwanzig

Unweit des Brunnens neben dem Stadtcafé hatte eine kleine Truppe älterer Musiker sich vor und auf einem Mauervorsprung platziert. Sie waren zu viert, und keiner von ihnen mochte unter siebzig gewesen sein. Vielleicht war der eine oder andere sogar schon in meinem Alter, über achtzig. Einer saß auf der Mauer und spielte Gitarre, der andere – er hatte ein »Franzosenkäppi« auf dem Kopf – stand daneben und ließ den Bogen gekonnt über eine Geige gleiten, ein dritter Mann mit weißem Vollbart zupfte den Kontrabass. Ein kleines Stück weit vor den dreien stand er, der Sänger. Ein Mann wie Aznavour, der mit eleganten Bewegungen seinen Gesang unterstrich. Er liebte es, genau hier zu sein, seine Zuhörer zu umschmeicheln und das Interesse aller, die stehen geblieben waren, auf sich zu ziehen. Seine Blicke wanderten wach durch die Nacht und blieben vor allem an den Frauen hängen, an seinen weiblichen Fans.

Es lag ein Zauber in der Luft, und die Leute, es mochten über dreißig sein, hatten sich in einem lockeren Halbkreis um die Musikanten herum versammelt. Alle lauschten fast andächtig, wiegten sich ein bisschen im Rhythmus der Lieder, Paare standen Arm in Arm. Auch Belmondo hatte einen Arm um mich gelegt. Nach dem Ende des Lieds war der Applaus voller Begeisterung.

»Darf ich bitten?«

Als das nächste Lied einsetzte, flüsterte Belmondo mir diese Frage zu und unterstrich sie mit einer leichten Verbeugung.

»Hier tanzt aber keiner.«

»Bis jetzt nicht, aber das lässt sich schnell ändern, Else. Wir müssen nur anfangen.«

Ich lachte. Da hatte er recht. Warum nicht? Ich hatte schon lange nicht mehr getanzt. Mit meinem verstorbenen Mann Robert bin ich hin und wieder zu solchen Veranstaltungen gegangen, bei denen die Musik vom Band kam oder ein Alleinunterhalter für Stimmung sorgte. Aber Rudolf machte sich so gar nichts aus Tanzen. Ich hatte ein paar Mal vorsichtig versucht, ihn dazu zu überreden, aber seine Ausreden waren immer so voller Inbrust und Leidenschaft, dass ich es schließlich aufgegeben hatte. Auch ein Traummann muss nicht perfekt sein.

Belmondo umfasste meine Hüfte, ich legte eine Hand auf seine Schulter. Wir gingen in Position, ein kurzes Nicken und ein gemeinsames Lächeln. Dann bewegten wir uns im Takt – und schon nach wenigen Schritten hatte ich das Gefühl, dass Belmondo und ich schon seit vielen Jahren nichts anderes gemacht hatten, als miteinander zu tanzen. Die Blicke der Zuhörer richteten sich auf uns. Ich wiederum wollte mich ganz auf meinen Tanzpartner konzentrieren. Nur einmal, bei einer Drehung, zu der mich Belmondo sanft führte, entdeckte ich ein bekanntes Gesicht unter »unserem Publikum«. Es war Otti, der uns mit offenem Mund und glänzenden Augen folgte.

Auch andere Menschen ließen sich von uns mitreißen, sodass sich der kleine Platz vor den Musikern mehr und mehr mit Tanzenden füllte, manche sehr geschickt, andere eher ausgelassen. Da kamen Rempler schon mal vor. Aber jeder hatte seinen Spaß.

Belmondo hatte nur Augen für mich. Während ich hin und wieder einen Seitenblick zu den anderen riskierte, waren seine Augen auf mich gerichtet und darauf, alles perfekt zu machen. Und er war perfekt. Er führte mich leicht und sicher. Mich in meinem Alter noch mal als Feder zu fühlen, das hieß schon was. Ich weiß nicht, was mit meinen Beinen los war, ob sie Fragen an mein Hirn sandten, nach dem Motto, ob »die Alte« denn jetzt völlig spinnen würde. Was denn da oben los sei? Aber die Beine machten ohne Widerworte jede Schrittkombination und jede Drehung mit. Es war herrlich. Ich fühlte mich auf Wolke sieben. Wir waren unter all den anderen Tänzern sicherlich das beste Paar, wobei mein Anteil ehrlicherweise eher bescheiden war. Nach und nach bildete sich ein Kreis um uns. Menschen klatschten im Rhythmus der Musik, andere sangen mit, wieder andere standen ganz still und beobachteten uns nur. Schließlich eine letzte Drehung, ich dachte schon, ich stürzte zu Boden. Doch Belmondo fing mich auf. Angst kam bei mir gar nicht erst auf. Ich vertraute ihm voll und ganz, auch wenn er nicht mehr der Jüngste war. Wir lachten uns an und genossen den Applaus.

Der Sänger aus der Truppe, Aznavour, kam auf uns zu und machte vor mir eine kleine Verbeugung. Dann wandte er sich an die anderen. »Meine Damen und Herren. Begrüßen Sie mit mir den Star des heutigen Abends. Was für eine Anmut. Grazil!« Er beugte sich zu mir und küsste mir die Hand. »Hat denn dieses wunderbare Wesen einen Namen?«

Ich zögerte, zumal Aznavour sich so drehte und stellte, dass er Belmondo verdeckte und ins Abseits drängte. Das wollte ich nicht, also schob ich meinerseits Belmondo in den Mittelpunkt und wandte mich an den Sänger. »Das ist Belmondo.« Dieser schaute mich fragend an, auch Aznavour schien leicht verwirrt zu sein.

»Wie?«, meinte Belmondo leise zu mir. »Wie heiße ich?«

»Na ja …« Ich lachte. »Für mich heißt du Belmondo.«

»Ah ja!« Jetzt lachte auch er. »Warum eigentlich nicht? Aber dann bist du …« Er überlegte und überlegte. »Nein, für dich gibt es keinen anderen Namen. Du bist Else.«

Aznavour mischte sich wieder in unser Gespräch und wandte sich an die Umstehenden. »Liebe Freunde, wenn ich euch vorstellen darf. Begrüßen wir gemeinsam die unbeschreibliche Else.«

Ich räusperte mich einige Male und rief dann so laut wie möglich: »Und den sagenhaften Belmondo.«

Er lachte mich an, winkte mit einer Hand ab, war aber sichtlich gerührt in all dem lauten Applaus und Gejohle, während Aznavour immer noch ein bisschen damit haderte, dass ihm in Belmondo ein Konkurrent entstanden war, wenn auch nicht als Sänger.

Als ich die anderen Menschen so freudestrahlend sah und mich langsam im Kreis drehte, fiel mein Blick wieder auf Otti. Auch er war noch unter dem »Publikum«. Allerdings war er gerade dabei, sich umzudrehen und wegzugehen.

Ich wandte mich an Belmondo. »Entschuldige mich für einen Moment. Ich bin gleich wieder da.«

Und weg war ich, Kyra im Schlepptau.

# Vierundzwanzig

Ohne Belmondos Antwort abzuwarten, eilte ich Otti hinterher. Ich musste fast rennen, war er doch kurz davor, im Dunkeln zu verschwinden. Meine eben noch so leichtfüßigen Beine kamen mir plötzlich verdammt schwer vor.

»Ich muss mit dir reden.«

Otti stand wie ein Koloss vor mir, schwitzte leicht und fuhr sich nervös mit der fleischigen Hand über das Gesicht. Seine Augen verrieten Ängstlichkeit. »Was ist denn? Ist was passiert?«

»Das will ich gerade von dir wissen. Was ist mit Rudolf?«

»Ist was mit ihm?«

»Lass das. Komme mir nicht immer mit Fragen auf meine Fragen.«

»Tut mir leid, aber ich weiß wirklich nicht, worum es dir geht.«

Er nickte mir zu, dann setzte sich der massige Körper langsam in Bewegung. »Gute Nacht, Else.«

»Oh nein, so nicht.« Schnell hatte ich ihn eingeholt und stellte mich vor ihn. Eine Maus versperrte einem Elefanten den Weg.

»Ich kann mit dir nicht darüber sprechen.«

»Warum nicht?«

»Weil ich es Rudolf versprochen habe.«

»Papperlapapp! Solche Versprechen gelten nicht.«

»Wieso?«

»Weil ich es sage. Und weil du sicherlich nicht willst, dass du mich zur Feindin hast.«

»Zur Feindin?« Seine Augen, die Augen des Riesen, weiteten sich und zeigten Furcht. »Schau, wenn du mir was sagst, muss er nie erfahren, von wem ich es weiß.«

»Oh doch, das kann er sich sofort denken.«

»Warum?«

»Weil ich bekannt dafür bin, dass ich schwer etwas für mich behalten kann.«

»Na also, dann raus mit der Sprache.«

»Wie?«

»Mach deinem Ruf alle Ehre. Ehre ist immer gut.«

Ich merkte, wie ich meinem Ziel immer näher kam, und bugsierte Otti mit sanftem Schubsen von der Straße zu einer Parkbank. »Komm, setzen wir uns.«

Mit einem leichten Seufzen ließ er sich nieder, ich nahm daneben Platz.

Er drehte langsam den Kopf zu mir. »Das warst aber schon du bei dem Arzt, Else, oder?«

»Ja, aber das ist nicht das Thema.«

»Aber du warst es?«

»Ja.«

»Bist du da auch Patientin?«

»Nicht direkt.«

»Und indirekt?«

»Mein Gott, bitte. Wenn du es unbedingt wissen willst. Ich war Rudolf gefolgt, wollte wissen, was mit ihm ist, und bin dann in dieser Arztpraxis gelandet.«

»Ach, Rudolf ist da Patient?«

»Ich weiß es nicht. Darum geht es gerade auch nicht.«

»Und worum geht es denn dann?«

»Sag mal, willst du mich auf den Arm nehmen? Das will ja ich von dir wissen!«

»Stimmt.« Er nickte sich selbst zu, während ich ihn in die Seite knuffte.

»Rudolf hat sich verändert, seitdem du bei uns aufgetaucht bist. Zuerst hab ich noch gedacht, dass ihm etwas fehlt, dass er krank ist. Dass er darüber nicht mit mir sprechen will. Aber inzwischen bin ich mir immer sicherer, es geht um etwas anderes. Und du bist der Schlüssel dazu. Also bitte, jetzt rede endlich.«

Er schüttelte nachdenklich den Kopf, rutschte auf der Parkbank mit all seinem Gewicht hin und her, sodass das Holz zu stöhnen anfing. »Aber du darfst ihm nicht verraten, dass ich dir etwas gesagt habe.«

»Nein, natürlich nicht.«

»Schwöre.«

»Bitte, lass den Kinderkram! Worauf soll ich denn schwören? Auf das Leben meiner Mutter, meines Vaters? Herrschaft, in meinem Alter sind alle tot.«

»Okay.« Er nickte abermals. »Ich habe meinen Job verloren. Die haben mich rausgeschmissen bei der Bank. Einfach so. Nach all den Jahren.«

»Ach deswegen haben die so seltsam rumgedruckst dort.«

»Du warst da?«

»Ja, das war ich, weil ich dich gesucht habe. Und was hat Rudolf damit zu tun?«

»Er hat seit Jahren einen Kredit auf sein Häuschen laufen.«

»Was? Einen Kredit? Ich habe gedacht, das Haus gehört ihm. Er hat doch all sein Geld da reingesteckt.«

»Das hätte er gemacht, wenn er es denn gehabt hätte.«

»Hatte er nicht?«

»Nein. Der Mann, der ihm den Spielwarenladen abgekauft hat, der hatte nicht sofort das Geld, wollte auf Raten zahlen.«

»Und Rudolf hat sich darauf eingelassen?«

»Ja, überrascht dich das etwa?«

»Nicht wirklich, er hat halt ein gutes und großes Herz.«

»Und dann hat der Mann mit dem Laden Pleite gemacht.«

»Und Rudolf hat gar kein Geld gesehen?«

»Nein, bis auf die kleine Anzahlung, die er schon bekommen hatte.«

»Und?«

»Und um doch noch auf die volle Summe zu kommen, ist er in die Spielbank gegangen.«

»Rudolf? In die Spielbank?!«

Otti nickte, schüttelte den Kopf und wischte sich ein paar Strähnen aus dem schweißnassen Gesicht. »Ja, du hast recht. Das passte so gar nicht zu ihm, aber er hatte keinen anderen Ausweg gesehen. Also ist er das erste und einzige Mal in seinem Leben in eine Spielbank gegangen.«

»Lass mich raten. Dabei hat er auch noch die paar wenigen Kröten verspielt, die er schon bekommen hatte.«

»Richtig geraten. Es blieb ihm nichts anderes übrig, als einen Kredit aufzunehmen. Bei der Bank, bei mir.«

»Viele Menschen haben einen Kredit bei der Bank. Wo ist das Problem?«

»Das Problem ist, Rudolf konnte schon lange nicht mehr die vollen Zinsen zahlen.«

»Aber das merken die bei der Bank doch.«

»Eigentlich schon.«

»Eigentlich?«

»Nicht, wenn der zuständige Sachbearbeiter seine Hand schützend über ihn hält.«

Ich begann zu verstehen und musterte Otti, der nun wie ein Häufchen Elend vor mir saß.

»Du?! Du hast dafür gesorgt, dass Rudolf trotz einer sagen wir mal mäßigen Zahlungsmoral keinen Ärger bekam.«

»Ja, genau so ist es. Ich wollte ihm unbedingt helfen. Er hatte mich nie um etwas gebeten, und wenn, dann sicher nicht darum.«

»Und jetzt haben sie dir gekündigt, und irgendwann kommt es raus. Dann ist das Häuschen weg. Dann holt es sich die Bank?«

»Ich fürchte ja.«

»Und sind sie schon draufgekommen?«

»Wahrscheinlich nicht, sonst hätte Rudolf schon etwas von ihnen gehört. Dafür versucht er jetzt, irgendwo Geld aufzutreiben, um sein Haus zu retten.«

»Deswegen ist er nun auch weg?«

»Ja.«

»Wohin?«

»Das weiß ich nicht. Ganz ehrlich, das hat er mir nicht verraten.«

So saßen wir noch ein paar Minuten schweigend nebeneinander auf der Parkbank.

»Else, ich bin ein guter Freund von ihm. Ich weiß vor allem eines. Ich weiß, dass er dich liebt. Dass er alles tun würde, um dich glücklich zu machen, dir ein Zuhause zu schenken. Er weiß doch, wie glücklich du in eurem Häuschen bist.«

»Euer Häuschen ist gut. So wie ich gerade erfahren habe, ist es ja wohl eher das Häuschen der Bank.«

»Verstehst du nicht? Er weiß, dass das alles nicht richtig

war. Aber jetzt versucht er alles, um die Dinge wieder ins Lot zu bringen. Er will dich nicht unglücklich machen! Das ist sein ganzes Ziel.«

»Na bravo, jetzt bin ich auch noch schuld.«

»So darfst du es nicht sehen.«

»Das tue ich auch nicht.«

Ich dachte an Rudolf und an all die Veränderungen, die er in letzter Zeit gezeigt hatte. Nun wusste ich, was los war. Ich war, es mag seltsam klingen, erleichtert, endlich Licht in das Dunkel gebracht zu haben, andererseits war ich auch etwas traurig. Wir waren ein Paar. Wir wollten die letzten Jahre unseres Lebens gemeinsam verbringen. Warum hatte er mir nicht vertraut? Warum wollte er dieses schier unlösbare Problem alleine lösen? Tja, wenn ich so recht nachdachte, musste ich mir zugestehen, dass ich es in seiner Situation wohl auch nicht anders gemacht hätte. Das stimmte. Aber das war so oder so nicht richtig. Auf jeden Fall fasste ich in dieser Sekunde, auf dieser Parkbank einen Entschluss. Ich wollte zu Rudolf.

»Und du hast Hand aufs Herz keine Idee, wo er jetzt sein könnte?«, fragte ich Otti.

»Nein, habe ich nicht. Das Einzige …«

Ich horchte auf. »Was?«

»Es kann sein, dass er mal erwähnt hat, dass er in die Großstadt wollte.«

Ich nickte nachdenklich. »Du bist ein guter Freund von ihm. Ich hoffe, dass das alles gut ausgeht, für dich, für ihn, für uns alle. Du bist auch für mich ein guter Freund. Danke.«

Dann sprang ich auf und eilte so schnell ich konnte zurück zu der Stelle, an der ich Belmondo bei der Musikantentruppe zurückgelassen hatte.

# *Fünfundzwanzig*

Die Runde hatte sich inzwischen aufgelöst, die Zuhörer waren auf dem Weg nach Hause und die Musiker dabei, ihre Instrumente einzupacken. Aznavour saß auf dem Vorsprung des kleinen Mäuerchens und rauchte genüsslich eine selbst gedrehte Zigarette.

»Ach, da sind Sie wieder. Sie sind schon vermisst worden.«

»Von Ihnen etwa?«

»Von mir zuallererst, aber ich fürchte, das hat für Sie keine besondere Bedeutung. Nein, ich spreche von Ihrer Begleitung.«

»Ist er denn schon gegangen?«

»Er wollte los, Sie zu suchen.«

»Dann will ich mal los und ihn suchen.«

»Tja, einen anderen Rat habe ich leider auch nicht für Sie.«

Ich dachte, dass Belmondo vielleicht am ehesten zurück zur Limousine gegangen sein könnte, und machte mich auf den Weg dahin. Ich verabschiedete mich mit einem freundlichen Lächeln von Aznavour und den anderen Musikern. »Gute Nacht, die Herren.«

»Warten Sie!« Der Sänger kramte in seiner Jackentasche und holte eine etwas zerknitterte Visitenkarte hervor. »Hier, falls Sie mal eine Kapelle brauchen.«

»Sie haben eigene Visitenkarten?«

»Aber natürlich, was hatten Sie denn gedacht?«

»Ich … ich … hatte eigentlich gar nichts gedacht.« Ich wollte ihn keinesfalls verärgern und nahm die Karte. »Vielen Dank. Sie waren umwerfend. Ehrlich. Und wenn ich jemals in meinem Leben ein Orchester brauchen sollte, rufe ich Sie an. Nur Sie!«

»Gute Nacht, kleine Fee«, sagte er, grinste und nahm einen langen Zug aus seiner Zigarette.

Ich eilte über das Kopfsteinpflaster zu dem Rolls-Royce, der immer noch an derselben Stelle stand, an der wir ihn geparkt hatten. Belmondo war also noch nicht weggefahren, aber natürlich hatte ich auch nicht damit gerechnet. Ich ging zu dem Wagen und sah mich um. Aber von Belmondo keine Spur. Überhaupt war niemand zu sehen, wenn man von einem Paar absah, das in einem anderen Wagen saß, vielleicht hundert Meter entfernt. Ich weiß nicht, was die beiden da machten. Vielleicht ein Liebespaar. Allerdings starrten sie in dem Moment zu mir herüber. Mir war das unangenehm. Ich wollte weg, nichts wie weg. Aber wo war Belmondo?

Da sah ich im Schein einer Straßenlaterne eine Hand, die mir winkte. Es war wirklich nur die Hand, die ich sah. Und dann hörte ich auch eine Stimme.

»Else, ich bin hier. Hier bin ich!«

Belmondo! Kyra und ich schauten uns verdutzt an. Ich wartete einen Moment, dann ging ich zu Belmondo, der sich im Gebüsch versteckt hatte. Er hatte ein paar einzelne Blätter auf seinem sonst so perfekten Sakko. Das konnte ich in der Dunkelheit sehen.

»Was machst du hier?«

»Ich habe auf dich gewartet.«

»Das habe ich nicht gemeint. Warum wartest du auf mich hier im Gebüsch?«

»Ich habe meine Gründe.«

»Gibt es eine Möglichkeit, dass ich die auch erfahre?«

Belmondo nestelte an seinem Hemdkragen herum, so als würde er plötzlich zu wenig Luft bekommen. Er schaute, selbst wenn er das zu vertuschen suchte, zu dem Wagen mit dem Pärchen, das mir auch schon aufgefallen war.

»Hat es etwas mit den beiden im Auto zu tun?«

»Welchen beiden?«

»Ha, wusste ich doch, dass ich richtigliege. Also?« Ich war mir meiner Vermutung sicher und wollte auch keinen Hehl daraus machen.

Belmondo trat einen Schritt zurück und zog mich am Ärmel mit. »Nun gut, ich weiß ja, dass ich dir vertrauen kann.«

»Natürlich. Also, was ist?«

»Die beiden in dem Auto sind Fans von mir.«

»Wie Fans?«

»Ich habe sie mal auf einer Kreuzfahrt in Asien kennengelernt, und wir haben uns angefreundet. Du weißt doch, wie das so ist mit Urlaubsbekanntschaften. Man lernt sich kennen, und dann ist auch wieder gut.«

»Das weiß ich nicht so genau, denn so viel Urlaub habe ich noch nicht gemacht in meinem Leben. Und wenn, dann sind Robert und ich meist unter uns, also zu zweit geblieben.«

»Ja, das ist auch besser so. Wenn man sich anfreundet, dann wird man solche Leute manchmal nicht wieder los.«

»Was soll das denn heißen? Was wollen die denn von dir?«

»Sie wollen mich mit ihrer Mutter verkuppeln.«

»Wie bitte?«

»Na, die beiden sind Geschwister, und ihre Mutter hat mich auf der Kreuzfahrt kennengelernt und, na ja, wollte nicht akzeptieren, dass ich nicht frei war für mehr.«

»O weh, ich kann mir schon vorstellen, dass du sie mit deinen Schmeicheleien ganz schön eingeseift hast.«

Belmondo gab sich entrüstet. »Else, das darfst du nicht mal im Ansatz behaupten. Ich kann meine kleinen Schwärmereien nur für jemanden entwickeln, wenn ich auch aufrichtige Gefühle habe. Ich weiß gar nicht, ob mir das überhaupt vor dir jemals passiert ist.«

»Belmondo, der Blitz soll dich treffen.«

»Gott sei Dank heiße ich ja Friedrich.« Er lächelte mich an, ich konnte gar nicht anders, als sein Lächeln zu erwidern.

Seine Geschichte war hanebüchen. Aber – ganz ehrlich – in dem Moment interssierte mich nicht so sehr, ob sie stimmte oder nicht. Mir ging es um etwas anderes. Mir ging es um Rudolf. Meinen Rudolf.

»Aber wo warst du überhaupt? Du warst auf einmal weg.«

»Das kann ich dir nicht alles im Einzelnen erklären. Nur so viel: Kannst du dir vorstellen, dass Rudolf Geldprobleme hat?«

Belmondos Stirn zeigte Falten. »Nein, ich meine, keine Ahnung. Du weißt doch, dass wir beide, Rudolf und ich, uns nicht so oft sehen.«

»Aber wenn es so wäre, würde er nicht dich fragen, ihm zu helfen?«

»Auch das weiß ich nicht. Du kennst ihn. Er kann ziemlich eigen sein.«

»Und vielleicht würde er gerade dich nicht fragen, verstehe schon. Schon eine eigenartige Bruderliebe, die euch verbindet. Oder trennt.«

»Eigentlich war Rudolf sein ganzes Leben lang sehr solide. Nein, wenn du mich fragst, ganz ehrlich, kann ich mir nicht vorstellen, dass er finanzielle Probleme hat.«

»Ich werde es herausfinden.«

»Und wie?«

»Noch keine Idee. Ich weiß nur eins. Ich will und muss jetzt nach Hause.«

Nicht wegen dieses seltsamen Paares, sondern auch weil er Sorgen wegen der Polizei hatte, wollte Belmondo nicht mehr hinters Steuer. Er hatte von den Musikern gehört, dass diese Nacht verstärkt Alkoholkontrollen durchgeführt würden. Also ließen wir den Wagen stehen, und Belmondo winkte für mich nach einem Taxi. Ganz Gentleman erklärte er dem Fahrer den Weg und bezahlte die Fahrt im Voraus. Wir umarmten uns herzlich und küssten uns zärtlich – nur auf die Wangen!

»Vielen Dank, Belmondo. Es war ein herrlicher Abend.«

»Das fand ich auch. Ich habe jede Sekunde genossen. Gute Nacht, Else.«

»Wie kommst du denn nach Hause? Ins Hotel?«

»Das nächste Taxi, das vorbeikommt, ist meins.«

Die Tür schlug zu, und während der Fahrer Gas gab, drehte ich mich noch mal um. Da stand er in seinem feinen Leinenanzug – mitten im Dunkeln und winkte. Dann gingen meine Gedanken zu Rudolf. Wenn er in Nöten war, so wollte ich ihm helfen, auch wenn er sich nicht helfen lassen wollte. Nein – jetzt erst recht!

Das Häuschen war dunkel, nur ein Licht über dem Eingang leuchtete. Wir hatten uns angewohnt, dieses brennen zu lassen, wann auch immer wir das Haus verließen. Während die roten Rücklichter des Taxis in der Dunkelheit blasser wurden, eilten Kyra und ich die letzten Schritte zur Haustür. Ich kramte nach meinem Hausschlüssel. Natürlich hatte ich die Hoffnung gehabt, dass Rudolf schon wieder zurück sein könnte. Auch wenn sie nur gering war, so war ich doch enttäuscht, dass er tatsächlich nicht da war. Ich wollte nur noch eins: schlafen. Und morgen würde ich mich voller Elan aufmachen, ihn zu suchen. Auch wenn ich noch keinen Anhaltspunkt hatte, wo er war. In der Großstadt, aber wo genau?

Am nächsten Morgen war ich mit meinen Überlegungen nicht einen Schritt weiter. Die Einzige, die mir die Sorgenfalten aus dem Gesicht trieb, war Kyra. Sie bestand auf ihrem morgendlichen Spaziergang, und es tat gut, mir Luft und Wind um die Nase wehen zu lassen. Die Brandung war wieder ziemlich kräftig, und seit dem Erlebnis mit der »im Wasser verschwundenen Kyra« war ich vorsichtiger geworden. Aber eigentlich brauchte es keine Vorsicht. Kyra würde im Wasser nie etwas zustoßen. Dazu waren das Element und sie einfach viel zu sehr ein Herz und eine Seele. Während unseres Morgenausflugs gingen mir so viele Gedanken und Ideen durch den Kopf, dass ich einerseits froh war, andererseits fürchtete, die besten gleich wieder zu vergessen.

Ich weiß nicht, wie Sie das machen, wenn Sie etwas nicht vergessen wollen, sich über etwas Gedanken machen oder einfach Notizen festhalten wollen. Ich pflegte schon immer eine umfangreiche Zettelwirtschaft, auf der ich alles

Mögliche notierte. Nicht nur, seitdem mein zunehmendes Alter mich vergesslicher werden ließ. Nein, auch schon als Kind oder in der Schule waren meine Zettel, Blocks, Stifte und Papier meine ständigen Begleiter.

Während Kyra sich auf ihrer Decke ein fettiges Schweineohr schmecken ließ, breitete ich mich und meine Gedanken auf dem Küchentisch aus. Alles brachte ich zu Papier. Gab es Namen von Menschen in der Großstadt, die Rudolf mal erwähnt hatte? Irgendwelche anderen Anhaltspunkte? Im Grunde war ich ziemlich sauer auf ihn. All diese Aktionen hätte es nicht gebraucht, wenn er mir nur mehr vertraut hätte. Aber er war ein alter Kauz. Ich wollte ihm verzeihen, und ich wollte ihm helfen. Bald war die ganze Tischplatte mit Papier, Zetteln, aber auch zerknüllten Zettelchen zugedeckt. Ich warf alles in den Papierkorb, indem ich es mit einem Arm direkt in den Korb schob. Mist! Ich war nicht ein Stück weiter.

Ich legte mich aufs Sofa. Vielleicht würde ich weiterkommen, wenn mir mehr Blut ins Gehirn fließen würde, so meine Hoffnung. Vergeblich. Es tat sich nichts, außer dass ich leicht wegdämmerte. Nur leicht, denn dann weckte mich ein bekanntes Geräusch. Mein Handy klingelte.

# Sechsundzwanzig

Sofort sprang ich auf, kramte das Handy unter ein paar alten Zeitungen auf dem Tisch hervor und nahm das Gespräch an. Vielleicht war es Rudolf! Doch meine Hoffnung wurde jäh enttäuscht. Es war Belmondo. Und das mit einer etwas seltsamen Bitte. Er müsste – er wüsste noch nicht wie lange – verreisen, und ich könnte ihm bitte einen Gefallen tun. Ob ich nicht den Rolls-Royce aus der Stadt zu mir nach Hause fahren könnte. Er habe gehört, dass dort hin und wieder, an der Stelle, an der der Wagen stehe, Markt sei, und befürchte nun, dass der Wagen abgeschleppt werden könnte. Er selbst habe keine Zeit mehr, denn der Wagen eines Geschäftspartners würde ihn in dieser Minute abholen. Den Wagenschlüssel würde mir ein Kurier bringen. Ich schnappte nach Luft und brachte alle möglichen Einwände vor, angefangen damit, dass ich Angst hätte, die wertvolle Limousine zu schrotten. So eine gute Autofahrerin war ich weiß Gott nie gewesen. Und wenn dann noch ein wackeliges Nervenkostüm dazukommen sollte ... Nicht auszudenken. Ein einziger Kratzer in der Kiste mochte sicherlich ein Vermögen kosten. Also: Meine Antwort war nein. Ich kann entschlossen und hartnäckig sein, aber im Vergleich zu Belmondo war ich nicht mehr als eine runtergebrannte Kerze – wachsweich und am Ende. Letztendlich sagte ich ihm zu, mich um die Sache zu kümmern. Es lebe die Konsequenz, Oma Else!

In dem Augenblick, in dem ich es am Telefon versprochen hatte, klingelte schon der Bote mit dem Schlüssel an der Haustür. Meine Pläne Rudolf betreffend mussten erst mal hintanstehen. Zudem ich noch gar keine konkreten hatte.

Belmondo hatte mir die Schlüssel des Wagens in einem kleinen, edlen Kuvert seines Hotels schicken lassen. Stilecht mit einer beigelegten Visitenkarte, auf der er mir nochmals handschriftlich seinen Dank und seine Zuneigung versicherte.

Keine halbe Stunde später, nach einem kurzen Bad und einem Frühstück im Stehen – ohne Rührei – wollte ich aufbrechen. Kyra wollte ich mitnehmen. Auch wenn sie keinen Führerschein hat, überhaupt keine Fahrerfahrung, sich überhaupt nicht dafür interessiert, so könnte sie mich als meine Begleitung beruhigen. Ich wollte nicht alleine sein. Also alles war bereit. Fast alles! Denn was ich plötzlich nicht mehr finden konnte, war mein Hausschlüssel. Der Schlüssel mit dem kleinen Anhänger dran, den Rudolf bei einer Tombola für mich ersteigert hatte. Nicht wertvoll im eigentlichen Sinne, aber für mich von besonderem Wert. Doch Schlüssel samt Anhänger waren verschwunden.

Es dauerte eine Weile, bis mir ein rettender Gedanke kam. Vielleicht hatte ich den Schlüssel mitsamt meinem ganzen Papierkram in den Papierkorb geschoben. Das war meine letzte Chance, sonst hatte ich schon überall gesucht. Und wirklich fand ich ihn in all dem papiernen Chaos. Aber noch etwas fiel mir in die Hände, was mich zunächst stutzig machte und dann aufmerken ließ. Auf einem abgerissenen Merkzettel von dem Block, der neben dem Telefon lag, war etwas notiert. Es war Rudolf, der es notiert hatte, denn ich erkannte seine Handschrift. Aber noch aufregender war, was er dort notiert hatte. Es war der Name eines Hotels, einer Pension, und wie ich aus der mitnotierten Adresse entnehmen konnte, war diese nicht in unserer Stadt, sondern in der Großstadt. Dort, wo Rudolf offenbar hingefahren war. Ich hatte einen Hinweis, wusste nicht, ob er mich überhaupt irgendwie weiterbringen würde, aber einen Versuch war es wert!

Mit leicht zittrigen Knien stieg ich – Kyra an meiner Seite – aus dem städtischen Bus und ging zu der Stelle, an der wir den Rolls-Royce hatten stehen lassen. Ich fingerte den Schlüssel aus dem Kuvert und steckte ihn ins Schloss. Er passte. Ich bereitete Kyra ihren Platz neben mir auf dem Beifahrersitz. Auf den Fahrersitz legte ich ein Kissen, das ich eigens von zu Hause mitgenommen hatte. Anders würde ich nicht übers Armaturenbrett schauen können.

»So, meine liebe Kyra, willkommen im Land der Reichen und Schönen.«

Der Hund neigte zustimmend den Kopf und sabberte dann das Armaturenbrett an.

»Kyra, bitte!«

*Was gibt's?*, schien ihr Blick zu sagen.

Und wahrlich, ich sollte mich lieber aufs Fahren konzentrieren, als Kyra vornehme Manieren beizubringen. Also startete ich den Motor, und der Wagen rollte langsam aus der Parklücke. Ich war glücklich, das zu schaffen, ohne links und rechts Kratzer zu kassieren, sodass ich auf Kleinigkeiten wie Blinkersetzen in dem Augenblick unmöglich Rücksicht nehmen konnte. Auch dass ein, zwei andere Verkehrsteilnehmer hinter und neben mir genervt hupten, sollte mich nicht weiter irritieren.

Sie glauben es nicht, aber schon nach wenigen hundert Metern hatte ich ein Gefühl für den Wagen entwickelt. Auch wenn meine klatschnassen Hände immer wieder vom Lenkrad zu rutschen drohten, so machte sich doch ein Stückchen Sicherheit in mir breit. Was für ein Fahrgefühl! Kein Vergleich zu meinem alten VW-Bus, den ich zuletzt besessen hatte, oder Rudolfs Kleinwagen, den ich allerdings ohnehin nur selten benutzen durfte. Was sein Auto betraf, war Rudolf wie viele Männer – sehr eigen, auf seinen Besitz achtend.

Nach ein paar Kilometern wagte ich einen Blick nach links und rechts, starrte nicht nur stur nach vorn. Auch in den Rückspiegel riskierte ich einen Blick. Erst einmal, dann zweimal, dann dreimal. Es konnte sein, dass ich mich irrte. Aber es schien mir so, dass hinter mir – in einem gewissen Abstand – ein Wagen fuhr, den ich wiedererkannte. Es war derselbe Wagen des Paares, der mir nachts schon aufgefallen war. Es war das Paar, über das ich mit Belmondo gesprochen hatte. Was wollten diese Menschen? Sie sahen doch, dass nicht Belmondo hinter dem Steuer saß, sondern eine alte Dame, die gerade so über das Lenkrad linsen konnte.

# Siebenundzwanzig

Ich wurde panisch, Angst stieg in mir hoch, die selbst Kyra neben mir ansteckte. Denn sie streckte den Kopf hoch und warf ebenfalls – ich schwöre, dass es so war – einen Blick in den Rückspiegel. Dazu ein kurzes Aufjaulen.

Ich war so auf den Wagen in einiger Entfernung hinter mir konzentriert, dass ich alles andere um mich herum, den Verkehr, für einige Momente völlig aus den Augen verlor. Ich war wie in Trance, die allerdings ein jähes Ende fand, als lautes Hupen und Quietschen mich in die Wirklichkeit zurückholten. Was war passiert? Ich war völlig ruhig und gelassen, weil unabsichtlich, über die rote Ampel einer großen, breiten Kreuzung gebrettert, hatte hinter mir ein riesiges Chaos hinterlassen, wenn auch ohne größeren Schaden angerichtet zu haben. Kein Unfall, keine Schrammen, nichts war kaputt gegangen. Nur etliche Nerven lagen blank. Glück gehabt, Oma Else!

Bei Kyra neben mir kamen, so wie mir schien, gewisse Bedenken auf, was die Fahrtüchtigkeit betraf. Nicht die des Wagens, sondern die der Lenkerin. Ich versuchte, diese zu zerstreuen, indem ich beruhigend auf sie einredete. Der Hund allerdings machte mich mit kurzem Bellen nach vorn zur Scheibe raus darauf aufmerksam, dass ich besser auf den Verkehr achten sollte, als ihr gerade jetzt ein Gespräch aufzudrängen.

Das Fahren ging mir nach und nach immer besser von der Hand. Es machte auch solchen Spaß, dass ich völlig vergessen hatte, den richtigen Abzweiger nach Hause zu nehmen. Plötzlich war ich auf der breiten Landstraße Richtung Autobahn. Ich hätte versuchen müssen, irgendwo umzudrehen und zurückzufahren, fand aber keine geeignete Stelle. So fuhr ich weiter geradeaus, und wie der Wagen so schön langsam dahinglitt, kam mir ein anderer Gedanke: Ich hatte einen fahrbaren Untersatz, ich hatte eine Adresse in der Großstadt – die von Rudolf auf dem Zettel notierte Adresse der Pension –, und ich wollte ihn endlich sehen, vor allem nachdem ich von seiner prekären finanziellen Situation erfahren hatte. Ein kurzer Seitenblick zu Kyra, und mein Entschluss war gefasst. Ich wollte in die Großstadt. Und zwar sofort.

Ich war noch nie eine gute Fahrerin, vielleicht sogar eine ausgesprochen schlechte, aber schnell war ich noch nie. Ich hatte im Leben immer Angst, wenn es zu rasant wurde. Das führte auch dieses Mal dazu, dass ich, immer schön auf der rechten Spur verharrend, von etlichen Sattelzügen, Lastwagen und Reisebussen überholt wurde. Die teils grimmigen, teils amüsierten Blicke der Trucker ließen mich kalt. Hin und wieder winkte ich ihnen sogar zu. Sollten sie doch rasen, wie sie wollten, ich würde auch so ans Ziel kommen.

Mir war aufgefallen, dass der Wagen kein Navigationsgerät hatte, oder es war so eingebaut, dass ich es nicht fand. Einen Stadtplan hatte ich auch nicht dabei. Wie sollte ich den richtigen Weg finden?

An einer Tankstelle kaufte ich einen Stadtplan, einen kleinen Kaffee, obwohl ich eigentlich schon aufgeregt genug war, und für Kyra einen Knochen, den sie allerdings noch in der Imbissstube der Tankstelle in weniger als sieben Sekunden verspeist hatte. Der Weg zu der Pension schien, wenn ich dem Plan glauben konnte, gar nicht so schwer zu sein. Immer geradeaus, dann irgendwann mal rechts, nein, zweimal rechts, scharf links, ein ganzes Stück wieder geradeaus. Mir brummte der Schädel, vielleicht sogar einen Tick mehr als der dicke Motor des Wagens.

Schon die erste Abzweigung verpasste ich, weil ich nicht rechtzeitig den Spurwechsel schaffte und deswegen von dem strömenden Verkehr auf die völlig falsche Spur geleitet wurde. Ich fluchte leise vor mich hin, und Kyra neben mir spürte, dass hier irgendwas nicht optimal lief. Ich konnte ein ängstliches Blitzen in ihren Augen erkennen, das auch nach weiteren beruhigenden Worten nicht verschwand.

Ich musste halten, um mich neu zu orientieren. Gott sei Dank war auf der rechten Seite eine kleine Parkbucht, an der etliche Menschen standen. Was sie dort machten, verstand ich nicht. Vielmehr kämpfte ich mit der Größe des Stadtplans, und auch hier war mir der Hund keine große Hilfe, stupste er doch mit seiner Nase gegen das Papier, immer dann, wenn ich kurz davor war, den richtigen Weg zu finden. Ich war verzweifelt, lehnte für einen Moment meinen Kopf gegen das Lenkrad und massierte mir die Schläfen. So konnte das nicht weitergehen.

Plötzlich das Dröhnen einer Schiffssirene hinter mir. Panisch drehte ich mich um und sah wie einen riesigen Schatten einen Bus knapp hinter mir. Meine Parkbucht war eine Bushaltestelle, und die scheinbar orientierungslos herumstehenden Menschen waren wartende Fahrgäste. Die Einzige, die orientierungslos war, war ich. Kurz nachdem ich von der Bushaltestelle geflüchtet war, gelang es mir, nach rechts auf den Parkplatz einiger kleiner Geschäfte einzubiegen. Während Kyra auf den Wagen aufpassen sollte, stieg ich aus und wandte mich an einen jungen Mann mit Schnauzer und kurzer Sporthose, der mit seinem Dackel auf einer Grünfläche spazieren ging, die etwa die Größe eines Badetuchs hatte.

»Entschuldigung, können Sie mir vielleicht sagen, wie ich zur Pension Steingarten komme?«

»Nein, tut mir leid. Wo soll die denn sein?«

»In der Meerbuschstraße.«

»Da ist eine Pension?«

»Ja.«

»Die kenn ich gar nicht.«

»Aber kennen Sie die Meerbuschstraße?«

»Klar.«

»Und wie komme ich hin?«

»Also ...« Er überlegte, schaute links, rechts, noch mal hin und her und dachte nach. Ein älterer Herr ohne Hund, aber mit Hut auf dem Kopf und zwei riesigen Einkaufstüten in den Händen beobachtete unser Gespräch aus der Ferne, während der junge Mann eine Idee hatte. »Das ist eigentlich ganz einfach. Sie fahren hier weiter ...«, er machte eine hektische Handbewegung in eine nicht genau zu definierende Richtung, »... und biegen dann an der dritten Ampel rechts ab.« Er stockte für einen Moment, dachte nach. »Obwohl, warten Sie ...«

Während ich an seinen Lippen hing, war der ältere Herr zu uns getreten. »Wo soll's denn hingehen?«, fragte er.

Der Junge schaute ihn leicht ungehalten an, fühlte sich

in seiner Konzentration gestört. Aber ich war für jede Hilfe dankbar und antwortete. »In die Pension Steingarten in der Meerbuschstraße.«

»Aber die ist gar nicht in der Meerbuschstraße.«

»Nein?«

»Nein, sondern in der Masurenallee.«

»Sind Sie sich da ganz sicher?«

Meine konkrete Nachfrage brachte den älteren Herrn dazu, noch mal nachzudenken. »Also wenn Sie so fragen, dann …?«

Kyra beobachtete aus dem Auto heraus nicht den Dackel beim Verrichten seines Geschäfts, sondern mehr das seltsame Treiben der Menschenansammlung. Ansammlung deswegen, denn letztendlich waren es an die zehn Menschen, die freundlich, bestimmt, dann wieder unsicher waren und mir den richtigen Weg zeigen wollten, sich dabei abwechselnd ins Wort fielen und gegenseitig korrigierten. Es entstand eine lebhafte Unterhaltung, aus der ich mich schließlich freundlich lächelnd verabschiedete, ohne von den anderen weiter wahrgenommen zu werden. Kyra erwartete mich mit einem mitleidsvollen Blick. Sie hatte inzwischen das Lenkrad angeknabbert. Ich weiß nicht, was für unterschwellige Duftstoffe die Autobauer dort versteckt hatten.

Ich beschloss, zunächst den Angaben des jungen Mannes zu folgen, und fädelte mich vorsichtig in den Verkehr ein. Auch wenn ich andere Probleme hatte, so registrierte ich mit einer gewissen Genugtuung, dass hin und wieder einer der Autofahrer einen bewundernden Blick auf das edle Gefährt warf. Vielleicht war es aber auch das Gesamtpaket: edle Karosse mit seltsamer Dame am Steuer und einem frechen Sabbermischling als Beifahrer.

Mitten in der Fahrt klingelte plötzlich mein Handy, das ich auf die Mittelkonsole gelegt hatte. Ich riskierte einen Seitenblick, und das Display sagte mir, dass es Rudolf war. Hektisch riss ich das Lenkrad herum, sodass ich fast den Randstein touchierte und zwei Fußgänger zu einem Sprung Richtung Hecke veranlasste. Sie schimpften und drohten mir mit Fäusten, während ich weiterrollte. Ich kämpfte damit, das Gespräch mit einer Hand anzunehmen, ohne einen Unfall zu verursachen. In Schlangenlinien ging's voran. Als ich endlich das Telefon in der Hand hatte, auf Annehmen drückte, war es zu spät. Es hatte sich die Mailbox eingeschaltet. Traurig, aber auch verärgert legte ich das Handy zurück auf die Mittelkonsole, von der es beim nächsten Bremsvorgang irgendwo unten in den Fußraum rutschte. Es war zum Verzweifeln.

Ich schlug gegen das Lenkrad, schaute nach links und nach rechts und hatte überhaupt keine Ahnung, wo ich war. Ich würde nie zu dieser Pension finden. Es gab nur eine Möglichkeit: eine Planänderung. Ich wollte den Wagen hier in der Gegend abstellen und mich dann von einem Taxi zu der notierten Adresse fahren lassen.

# *Achtundzwanzig*

Aber auch bei der Suche nach einem Parkplatz schien der liebe Gott nicht auf meiner Seite zu stehen. Einmal nahm mir ein anderer Auofahrer mit seinem fetten Geländewagen in letzter Sekunde den freien Parkplatz weg. Dann merkte ich erst nach dem Einparken, dass ich auf einem Behindertenparkplatz stand. Und das wollte ich nicht. In ein Parkhaus wagte ich nicht zu fahren. Wer weiß, ob ich jemals wieder herausfinden würde. Ganz abgesehen davon, dass ich nicht wusste, ob die Plätze darin groß genug wären für meine dicke Limousine.

Teilweise schien es mir, als hätten sie die ganze Stadt umgegraben. Es gab mehr Baustellen auf der Erde als Vögel am Himmel. Während Kyra die Zeit nutzte, um neben mir ein kleines Nickerchen zu halten, traten mir die Tränen in die Augen. Was sollte ich nur machen? Ich konnte nicht so lange weiterfahren, bis mir das Benzin ausgehen würde. Warum hatte ich überhaupt diese dämliche Idee, mit einem Wagen, viel zu groß, der mir nicht gehörte, in die Großstadt zu fahren? Warum nur? Ich wusste warum. Schließlich ging es um meinen Rudolf. Aber eine Schnapsidee war die ganze Aktion schon gewesen.

Mitten in meiner größten Verzweiflung … plötzlich ein Licht am Horizont. Hinter einer Mauer entdeckte ich einen kleinen Parkplatz, auf dem nur ein Kleinwagen parkte. Daneben waren einige Stellplätze frei. Ich fühlte mich befreit, zu neuem Tatendrang angespornt, weil ich endlich einen schönen Platz gefunden hatte. Jetzt konnte mich nichts mehr aufhalten. Kyra merkte auch, dass es losging, und beendete ihr Nickerchen. Kaum aus dem Wagen gesprungen, begrüßte sie die Stadt auf ihre Weise standesgemäß am nächsten Baum.

Während uns ein Taxi zu der angegebenen Adresse brachte, nahm ich mein Handy zur Hand. Aber natürlich hatte Rudolf keine Nachricht auf der Mailbox hinterlassen. Es wäre auch das erste Mal gewesen.

Kurze Zeit später stand ich in einer, ehrlich gesagt, nicht sehr vornehmen Gegend und behielt den Eingang der Pension im Auge, gegenüber auf der anderen Straßenseite. Wie sollte ich nun vorgehen? Sollte ich hier warten, bis Rudolf kam oder vielleicht das Haus verließ? Das könnte Stunden dauern, vielleicht Tage. War Rudolf in der Pension als Gast abgestiegen? Ich beschloss, die Antworten in der Pension zu suchen.

Ich übequerte die Straße, Kyra im Schlepptau. Der Eingang zur Rezeption führte durch zwei Pflanzenkübel mit großen Büschen hindurch. Hinter der Glastür öffnete sich ein kleiner, durchaus hübsch eingerichteter Raum mit einem Holztresen in der Mitte. Leicht zögernd trat ich ein und wurde sofort von einer älteren Dame begrüßt. Was heißt älter? Die Dame könnte fast mein Alter haben, dachte ich mir. Die Besitzerin oder eine Angestellte? Aber in dem Alter? Die Dame trug ein Kleid wie ein Dirndl, unter ihren toupierten Haaren zeigte sich ein freundliches Gesicht, dezent geschminkt. Aber knallrote Lippen. Mit einem Lächeln begrüßte sie mich.

»Guten Tag, gnädige Frau. Was kann ich für Sie tun?«

Ich blickte mich um, sah, dass hinter ihr an einem Schlüsselbrett einige Schlüssel hingen. »Ich bin auf der Suche nach einem Freund von mir.«

»Und?«

»Es könnte sein, dass er ein Gast von Ihnen ist.«

»Es tut mir leid, aber ich gebe grundsätzlich keine Auskunft zu unseren Gästen.«

»Vielleicht ist er auch gar kein Gast von Ihnen.«

»Dann kann ich wahrscheinlich noch weniger sagen.«

Da hatte sie wohl recht.

Ich musste Kyra ermahnen, die kurz davor war, eine Marke an einer Gummipflanze zu hinterlassen. Die immer noch freundliche ältere Dame an der Rezeption verfolgte mein Bemühen ohne weitere Regung. Ich beugte mich etwas zu ihr vor. »Es ist wirklich wichtig. Ein Notfall.«

»Ein Notfall? Was ist denn passiert?«

»Das kann ich Ihnen in der Kürze der Zeit so nicht schildern. Aber ich bitte Sie wirklich, mir zu helfen. Ich suche einen Mann.«

»Dann wünsche ich Ihnen viel Glück.«

Die Dame begann mir langsam gehörig auf die Nerven zu gehen. »Er ist klein, ungefähr so klein wie ich, hat wuschelige Haare und trägt eine Nickelbrille.«

Ihre Augen veränderten sich. Auch das ständige Lächeln war schlagartig aus ihrem Gesicht verschwunden. Oder sollte ich mich getäuscht haben? Nein! Ich hatte ins Schwarze getroffen. Sie kannte Rudolf, so viel war mir in Sekundenschnelle klar geworden.

»Tut mir leid, so einen Herren kenne ich nicht.«

»Das glaube ich Ihnen nicht. Jetzt helfen Sie mir doch.«

»Ich würde gerne, aber es geht nicht.«

Kyra, der die Verschärfung des Tons nicht verborgen geblieben war, knurrte ganz leise.

»Dann hätte ich gerne ein Zimmer.«

»Wir sind ausgebucht.«

»Aber da hängen jede Menge Schlüssel.«

»Jetzt machen Sie sich nicht lächerlich. Ich habe kein Zimmer. Und jetzt bitte ich Sie zu gehen. Basta. Und Hunde nehmen wir auf keinen Fall.«

Die Dame, falls ich sie noch so nennen sollte, und ich standen uns Auge in Auge gegenüber. Wenn ich bewaffnet gewesen wäre, vielleicht hätte ich gezogen. Als Erste. Aber meine einzige Waffe war Kyra, und die wollte ich nicht mit hineinziehen.

»Komm, Kyra, wir gehen. Auf Wiedersehen.«

»Schönen Tag noch.« Die ältere Dame verabschiedete mich auf eine Weise, dass es klar werden sollte, dass sie auf ein Wiedersehen keinen Wert legte.

Erst draußen vor der Tür fiel mir auf, dass Kyra nicht mitgekommen war. Ich war so verärgert, dass mir das zunächst gar nicht aufgefallen war. Kyra hatte sich hoffentlich nicht noch an dem Gummibaum in der Rezeption verewigt? Kurzerhand trat ich wieder ein, den Hund suchend. Eins stach mir ins Auge: die Dame hinter dem Tresen. Sie hatte den Telefonhörer in der Hand und wollte gerade wählen. Sie sah ertappt aus. So ertappt, als wäre ich ihre Lehrerin und hätte einen Spickzettel versteckt in den Kniestrümpfen gefunden. Sie sah mich in einer Mischung aus Verärgerung und Verdutztheit an.

»Was ist denn noch?« Sie schwenkte den Hörer in der Hand.

»Ich habe meinen Hund vergessen.«

Kyra tat völlig unbeteiligt, während die Alte keine Anstalten machte, sich irgendwie zu bewegen. Offenbar wollte sie nicht wählen, sondern wartete, dass ich endlich verschwand. Was wollte sie gerade? Rudolf anrufen? Um ihm was zu sagen?

# *Neunundzwanzig*

Ich bin keine gelernte Detektivin, nicht mal angelernt. Ich kann neugierig sein, war aber in der Situation ehrlich gesagt überfordert, was nun zu tun sei. Vor allem war ich völlig verwirrt. Ganz offensichtlich kannten sich Rudolf und die Frau aus der Pension, und ganz offensichtlich wollte sie das nicht zugeben. Aber warum?

Das Einzige, was mir in meiner Verzweiflung einfiel, war, vor der Pension zu warten. Denn wenn sie Rudolf wirklich anrufen wollte, dann würde dieser vielleicht bald hier auftauchen. Oder andersrum, sie würde ihrerseits das Haus verlassen, und dann könnte ich ihr folgen. Vielleicht würde sie mich zu ihm führen. Aber wenn ich hier wartend mitten auf dem Gehsteig längere Zeit rumlungerte, würde das sicher Aufmerksamkeit erregen. Aufmerksamkeit, die ich lieber vermeiden wollte. Nicht, dass die Alte aus der Pension mich noch bemerkte. Oder vielleicht würde ich der Polizei auffallen, und die würde mich in Gewahrsam nehmen. Wegen Erregung öffentlichen Ärgernisses. Oder sie steckten mich gleich in ein Heim, wo ich ans Bett gefesselt werden würde. Ich gebe zu, rückwirkend betrachtet wirken meine Gedanken reichlich übertrieben, gleichsam hanebüchen, aber ich schwöre Ihnen, dass mir all das in dem Moment durch den Kopf geschossen ist.

Schräg gegenüber der Pension befand sich ein kleiner

Spielwarenladen. Ein Laden, wie ihn Rudolf mal besessen haben musste. Kurzerhand trat ich ein, und ein freundlicher Herr, so etwa um die vierzig, fragte mich, was ich wünsche. Ich zögerte einen Moment und sagte dann, dass ich etwas zum Malen bräuchte, für Kleinkinder. Fingerfarben oder so was in der Art. Das war das Erste, das mir eingefallen war. Während der Mann sich kurz nach hinten ins Lager begab, stellte ich mich ans Fenster, den Eingang zur Pension nicht aus den Augen lassend.

Nachdem mir der nette Händler seine Vorräte gezeigt hatte, schaffte ich es schnell, mich mit buntem Allerlei einzusauen. Was musste ich auch an den Fläschchen herumschrauben?

Ich offenbarte mich dem Mann und erzählte ihm freimütig, dass ich auf der Suche nach meinem Lebensgefährten sei, der plötzlich verschwunden sei. Der Mann horchte auf, hielt mich offenbar nicht für völlig durchgeknallt, sondern zeigte wahre Anteilnahme. Er bot mir Kaffee und Kuchen an – selbst gemachten, köstlichen Blechkuchen –, und wir unterhielten uns, während ich weiter aus dem Fenster starrte, um wirklich nichts zu verpassen. Ich nannte meinen netten Gastgeber Alf, weil er eine ähnlich tiefe Stimme wie dieser Außerirdische hatte, der vor etlichen Jahren auf unseren Bildschirmen zu sehen war.

Während Alf von seiner Frau erzählte und wie sie sich vor Jahren kennengelernt hatten, in einem Aufzug, der stecken geblieben war, sah ich plötzlich jemanden in die Pension huschen, praktisch in letzter Sekunde. Ich hatte mir gerade einen dicken Klecks Sahne in den Kaffee getan und war deswegen kurz abgelenkt. Aber mein Bauch sagte mir, dass dieser Jemand Rudolf gewesen sein musste.

Hektisch brach ich auf und scheuchte Kyra aus einer Hängematte für Kinder, in der sie es sich bequem gemacht hatte. Alf bedankte sich dafür, dass ich ihm die Zeit vertrieben hätte, und ich bedankte mich für seine Gastfreundschaft, indem ich einen großen Stoffteddy erwarb. Ich weiß nicht, für wen, aber das Tier sah mich so rührend an, und irgendwas wollte ich dem freundlichen Alf abkaufen.

Ich rannte über die Straße, Kyra im Schlepptau, den Teddy im Arm. Als ich schon die Eingangstür zur Pension aufreißen wollte, überlegte ich es mir im letzten Moment anders und ging ein paar Schritte um die Ecke herum. Vielleicht besser, wenn ich erst mal weiterhin unbemerkt bliebe. Hinter einer dicht gewachsenen Hecke öffnete sich ein kleiner, ungepflegter Garten, ein Gärtchen, nicht größer als ein Handtuch an Mallorcas Stränden. Von dort aus konnte ich mit Mühe durch ein Fenster im Hochparterre nach innen sehen. Und was ich sah, ließ mir das Blut in den Adern gefrieren. Gleichzeitig stieg es mir so in den Kopf, dass dieser zu platzen drohte. Ganz eindeutig standen sich Rudolf und dieses dumme Flittchen von der Rezeption gegenüber und hielten sich an den Händen. Sie lachte ihn an, mit ihren schiefen gelblichen Zähnen. Ich hätte mich übergeben können. Dann umarmten sie sich, und sie streichelte ihm über den Rücken. Dann lösten sie sich, und sie stupste ihn an der Nase. Zärtlich und frech. Moment mal! Das war mein Stupsen, seine Nase gehörte mir. Die beiden schauten sich lange an, bis sie ihn zärtlich auf die Wange küsste. Ich war wie betäubt.

Ich beschloss einzuschreiten. Durch das Gärtchen eilte ich zurück zum Eingang. Ich riss die Tür zur Pension auf, und wie einer der drei Musketiere betrat ich die Rezeption, nur ohne Mantel und ohne Degen. Kyra als meine Begleiterin neben mir. Beide zu allem entschlossen.

Aber die Rezeption war leer. Wo waren sie? Ich wollte schon rufen, als ich meine Taktik änderte. Ich schlich langsam, immer noch den Teddy auf dem Arm, Richtung Treppe, als ich eine Stimme hörte. Es war Rudolfs Stimme. Ich lauschte, und was ich dann zu hören bekommen sollte, riss mir die Füße unter den Beinen weg. »Ich liebe dich, das musst du wissen. Ich weiß nicht, was ich sonst noch sagen soll. Aber ich glaube, das ist das Wichtigste … meine Gefühle für dich und deine für mich.«

Ich schnappte nach Luft, wie ein Wasserfall ergossen sich die Tränen schlagartig über mein Gesicht. Meine Beine, die gerade noch zitterten, stapften wie von selbst los. Ich wollte nur noch weg. Weg von hier. Ich hatte genug gehört und gesehen. Wie konnte ich nur auf Rudolf hereinfallen? In seinem Alter noch so ein fürchterlicher Schürzenjäger!

# *Dreißig*

Eine alte Frau, farbverschmiert, einen großen Teddy auf dem Arm, und ein aus Mitgefühl ebenfalls leicht verwirrter Mischlingshund taperten durch die Stadt. Die Tränen kullerten mir über die Wangen, wieder und wieder. Ein Wunder, dass ich nicht austrocknete. Ich fiel schon auf, so sehr, dass andere Menschen, Passanten stehen blieben und sich verwundert nach uns umdrehten. Wir wirkten wie eine Chaostruppe auf Betriebsausflug. Ich habe, wie manche von Ihnen sicher wissen, gerade in den letzten Monaten vieles erlebt, nicht immer Schönes. Es waren traurige, aufregende, auch ernüchternde Situationen, aber so verzweifelt hatte ich mich noch nie gefühlt. Mein Leben brach wie eine Mauer aus kleinen Papiersteinchen zusammen. Ich fühlte mich wie die Trümmerfrau meines eigenen Lebens. Der Mensch, mit dem ich alt werden wollte, oder eben noch älter, der Mensch, dem ich mein ganzes Herz geschenkt hatte. Dieser Mensch war zur größten Enttäuschung geworden.

Natürlich ändert sich der Mensch im Lauf der Jahre, der Jahrzehnte. Vor allem körperlich, wir werden gebrechlich. Wir zehren andererseits von unseren Erfahrungen, von dem, was wir alles schon gelernt haben. Alles dreht sich im großen Kreislauf eines einzigen Lebens. Doch etwas bleibt, glaube ich, immer gleich: Gefühle. Die Suche nach

Glück und Freude und die Angst vor Trauer und Traurigkeit. Glauben Sie nicht, dass es mich weniger traf, betrogen worden zu sein, nur weil ich eine alte Frau war. Nein, in dem Punkt ändern wir uns nicht. Auch bei Gefühlen wie Eifersucht, Hass, Neid gibt es keine Altersmilde. Ebenso wenig bei Verletztheit. Ich war zutiefst verletzt. Ich wollte nur noch weg aus der Großstadt. Nach Hause. Und dann weg von zu Hause, das nicht mehr meines sein sollte. Ich wollte Rudolf hinter mir lassen.

Zwei Taxis weigerten sich, uns drei, also Kyra, Dirk und mich mitzunehmen. Der Teddy hatte den Namen Dirk bekommen, weil ich fand, dass er so ein schelmisches Gesicht hatte, wie es der Komiker Dirk Bach einst so herrlich machen konnte. Uns nicht mitzunehmen, nur weil Kyra die Wartephase an einer roten Ampel genutzt hatte, um ein kleines Bad in einem städtischen Brunnen zu nehmen. Wie konnte man sich darüber nur so aufregen? Und dass ich ein fast lebensgroßes Stofftier auf dem Arm hatte, was war denn daran so ungewöhnlich? Nun ja, ungewöhnlich schon, aber doch nicht verboten!

Schließlich nahm uns eine Fahrradrikscha mit, ein junger Mann mit Apachen-Haarschnitt. Oder heißt es Irokesen-Schnitt? Kyra zog es vor nebenherzulaufen. Sie war schneller. Also blieb genug Platz für Dirk und mich. Der junge Mann merkte sehr wohl, dass sein Fahrgast nicht gerade die beste Zeit seines Lebens durchmachte, aber er schien einfühlsam genug, nicht weiter nachzufragen. Was er nachfragte, immer wieder, war, wohin ich eigentlich wollte. Die genaue Adresse hatte ich mir nicht gemerkt, nur die grobe Umgebung konnte ich beschreiben. Und dass dort ein kleiner Parkplatz war. Ich gebe zu, meine

Angaben waren ziemlich vage. Ich hatte keine konkrete Adresse! Und so kam es, wie es kommen musste. Wir fanden die richtige Straße nicht und damit nicht den Parkplatz und den Wagen. Es war furchtbar.

Als es schon fast dämmrig wurde und wir manche Stellen zum dritten Mal passierten, wurde mir mulmig. Was, wenn der Wagen wirklich verschwunden war? Der Rolls-Royce. Haben Sie eine Idee, was so ein Auto kostet? Ich nicht, ich denke nur, sicherlich verdammt viel. Was würde Belmondo sagen, wenn er erfuhr, dass ich den Wagen mal so irgendwo in der Stadt verloren hatte? Mein Gott, so eine Riesenkiste ist doch keine Handtasche, die einem einfach so abhandenkommt.

Der junge Kurier gab sich alle Mühe, mir zu helfen, fragte mal hier nach und da, telefonierte mit seinen Kollegen, aber niemand hatte den Wagen gesehen. Schließlich schien er mit seinem Latein am Ende. Und ich auch. Ganz abgesehen davon, dass ich mir weitere »Stadtrundfahrten« einfach nicht mehr würde leisten können. Also gab ich schließlich vor, dass er mich rauslassen könne. Auf seinen Einwand hin, dass er mich sicherlich nicht so einfach irgendwo in der Stadt alleine rumirren lassen würde, behauptete ich, dass in einem bestimmten Haus an einer Ecke eine Freundin von mir wohnen würde. Dort wäre ich gut aufgehoben. Er glaubte mir nicht, aber ich blieb stur, und schließlich hielt er und ließ mich aussteigen. Er war einfach zauberhaft, und auch wenn er mir nicht hatte helfen können, so bedankte ich mich neben dem Fahrpreis mit einem satten Trinkgeld. Jetzt hatte ich nur noch ein paar Euro in der Tasche.

Die Rikscha fuhr weg, und ich hatte überhaupt keine Ahnung, was jetzt passieren sollte. Ich war alt, einsam, und in meinem Leben hatte von einer Sekunde auf die andere jemand das Licht ausgeschaltet.

Ich setzte mich auf eine kleine Steintreppe in einem Hauseingang, links und rechts ein paar Büsche, zwischen denen Kyra gleich mal nach dem Rechten sah. Ich holte mein Handy heraus. Es hatte niemand angerufen, bis auf den Anruf von Rudolf, den ich schon kannte. Oder besser gesagt gab es inzwischen mehrere Anrufe von ihm. In der Ferne braute sich ein Gewitter zusammen. Donnergrollen und Wetterleuchten. Ich wollte nicht mehr weiterleben. Für wen, für was?

Plötzlich hörte ich eine Stimme hinter mir, zart, hoch.

»Hallo!«

Ich drehte mich um. Auf der obersten Treppenstufe, direkt vor der Haustür stand ein kleines Mädchen, blondes Haar, Zöpfe, freundliches Lächeln. Es trug ein Blumenkleid. Sie kam mir vor wie Heidi, die Heidi aus den Bergen.

»Hallo!«, antwortete ich.

»Willst du zu uns?«

»Nein, ich glaube nicht.«

»Aber auf wen wartest du dann?«

»Ich weiß nicht.«

»Hast du denn kein Zuhause?«

»Nein.«

»Du bist nett.«

»Danke, du bist auch nett. Willst du noch mal weg? Es wird doch gleich dunkel.«

»Ich muss noch was aus dem Laden besorgen. Für meine Mutter.«

»Dann lass ich dich durch. Nicht dass deine Mutter zu lange wartet und du zu spät kommst.«

»Hm.«

Ich rutschte ein bisschen zur Seite.

Das Mädchen kam näher, sah erst mich an, dann zu Dirk, dem Teddy. »Der ist aber süß!«

»Ja, das ist er. Und ich glaube, er findet dich auch süß.«

»Und du bist lustig.«

»Wirklich. Ich finde mich gar nicht so lustig.«

»Aber du schaust so lustig aus.«

Ich überlegte einen Moment. »Du meinst wegen meiner Haare.«

Die Kleine lachte laut auf, fröhlich und befreiend. »Nein, nein, das doch nicht. Du bist so lustig, weil du so bunt bist.«

»Ach. Bunt?«

In dem Augenblick gingen meine Gedanken zurück zu dem Spielwarenladen und den Fingerfarben. Solche Farben für Kinder gehören einfach nicht in die Hände von alten Leuten. Aber nun war es so, wie es war. Ich sah offenbar lustig aus, auch wenn ich mich gar nicht so fühlte.

Plötzlich ein Geräusch aus dem Gebüsch, und Kyra kam hervorgekrochen. Die Schnauze voller Erde, als hätte sie einen Tunnel bis zum Äquator gegraben. Und ihr Fell war so dreckig, dass man denken konnte, dass sie durch diesen Tunnel gekrochen war. Während Heidi sich weiter mit Dirk anfreundete und ich versuchte, mit Blättern und einem Taschentuch den Hund wenigstens wieder etwas zu säubern, ging hinter uns die Haustür auf, und eine junge Frau erschien. Streng gekämmte Haare, strenge Miene und strenger Ton.

»Miriam, wo bleibst du denn so lange?«

Heidi hieß also in Wirklichkeit Miriam.

»Hast du die Butter geholt?«

»Nein, ich war hier bei meinen Freunden.«

»Wie?« Sie schaute Kyra an, dann Dirk, dann mich.

»Tut mir leid, es ist alles meine Schuld. Ich habe Ihre Kleine aufgehalten.«

Da lachte die Frau, hielt sich die Hand vor den Mund und kicherte weiter. »Sind Sie in einen Farbtopf gefallen?«

»Ja, Mami, das habe ich auch schon gesagt.«

»Nein, ich schminke mich gerne etwas ungewöhnlich.« Es kam mir komisch vor, dass ich nach allem, was ich in den letzten Stunden erlebt hatte, noch so einen Scherz machte. Aber ich war eben Oma Else.

»Mami, kann Teddy nicht bei uns bleiben?«

»Nein, das geht nicht.«

»Aber warum denn nicht?«

»Weil er dir gar nicht gehört.«

Ich musste nicht lange nachdenken. »Aber natürlich gehört er dir. Und er will auch am liebsten bei dir bleiben.«

»Wirklich?«

»Ja, das hat er mir selber gesagt.«

Heidi drückte den Teddy fest an sich, und die junge Frau und ich tauschten ein Lächeln.

Sie öffnete die Tür und sagte: »So, und jetzt kommen alle erst mal rein!«

Ich war überrascht. Mühsam erhob ich mich, wobei mir meine neue Freundin Heidi half. Und dann gingen wir in dieses freundliche kleine Haus, Kyra fand den Weg in die Küche. Das Gewitter legte los, und der Regen begann zu prasseln. Und auch wenn sonst an dem Tag alles schiefgelaufen war, so hatte ich wenigstens ein Dach über dem Kopf.

# Einunddreißig

Wie konnten Menschen nur so gastfreundlich sein? Heidi und ihre Mutter lebten zu zweit in diesem reizenden Häuschen, und vielleicht hatte ihre Herzlichkeit auch damit zu tun, dass die vor einem Jahr verstorbene Großmutter eine gewisse Ähnlichkeit mit mir hatte. Ihre Fotos in den hübschen Rahmen waren mir auf einer Kommode im Flur aufgefallen.

Nachdem ich mein Herz ausgeschüttet hatte – auch wenn ich dabei hin und wieder ein Detail ausgelassen habe –, versprachen die beiden, mir zu helfen, was den verschwundenen Wagen betraf. Es konnte schließlich nicht sein, dass so eine große Limousine einfach spurlos verschwunden war. Heidis Idee, die Polizei einzuschalten, wollte ich lieber noch ein bisschen hinausschieben. Ich wusste auch nicht, warum. Vielleicht eine gewisse Vorahnung, und wie sich später herausstellen sollte, war diese nicht so unberechtigt. Meine Beschreibungen von dem Parkplatz lösten bei Janet, so hieß Heidis Mutter, überhaupt nichts aus. Also entweder hatte mein Alter mich vergesslich und verwirrt werden lassen, oder ich hatte den Wagen in einer gänzlich anderen Gegend geparkt. Wie auch immer. Es war zum Heulen. Andererseits – kaum schienen alle Türen in meinem Leben ins Schloss gefallen zu sein, ging woanders eine neue auf. Ich hatte Menschen gefunden, die mir helfen wollten. Auch wenn man es nicht glauben mag, aber es gibt wunderbar hilfreiche Seelen.

Später als gewollt gingen wir schlafen. Janet machte mir ein herrliches Bettchen mit Daunendecke auf dem Sofa im Wohnzimmer, zu dessen Füßen auch Kyra eine Bleibe fand. Der Teddy Dirk durfte selbstredend mit zu seiner neuen Freundin Heidi. Alles hätte so schön und friedlich sein können. Wenn ich nicht kurz vor dem Einschlafen noch mal einen Blick auf mein Handy geworfen hätte. Belmondo hatte versucht, mich zu erreichen. Und auch Rudolf wollte mit mir sprechen. Als ich seinen Namen auf dem Display las, kullerten mir abermals Tränen übers Gesicht. Ich war todtraurig. Der schöne Abend hatte mich geblendet. Mein Leben war aus der Bahn geworfen, und als alter Mensch hatte ich keine Kraft mehr, wieder auf die richtigen Gleise zu kommen.

Die Turbulenzen des Tages schlichen sich auch in meinen Schlaf. Bruchstücke, einzelne Szenen, Menschen, denen ich begegnet war, Bilder tauchten in wirren Träumen auf, von denen ich die meisten am nächsten Morgen vergessen hatte. Aber etwas prägte meine Traumwelt so sehr, dass ich es behalten hatte. Dabei stand ich auf dem höchsten Gebäude der Stadt, mit einem Megafon in der Hand, und rief die Menschen auf, mir zu helfen, mir zu sagen, wo der Wagen war. Ich war wie ein Muezzin, nur dass ich keine göttliche Botschaft hatte, sondern ein ziemlich irdisches Anliegen. Immer wieder schallte meine etwas krächzende Stimme über die Dächer.

Ich weiß nicht, ob ich im Schlaf wirklich gerufen hatte, jedenfalls hatte ich frühmorgens ein leichtes Kratzen im Hals und war heiser. Ich war für meine Verhältnisse sehr früh aufgewacht. So früh, dass es draußen erst dämmerte. Kyra war ebenfalls schon wach und hatte versucht, mit ihrer Schnauze den Kühlschrank zu öffnen. Das konnte ich in letzter Sekunde verhindern. Stattdessen stand Gassi gehen auf dem Programm. Bei einem Spaziergang würden wir sicherlich bei einem Metzger vorbeikommen und einen Knochen für den Hund kaufen können.

Der frische Morgenwind blies zwar nicht die Last von meinem Herzen, meine Traurigkeit weg, aber die kühle Luft tat meinem Kopf gut. Ich fühlte mich mit jedem Meter fitter. Und als ich mit frischen Brötchen vom Bäcker und dem Knochen vom Metzger wieder »nach Hause« kam, wurde ich schon von Heidi – und Dirk – sehnsüchtig erwartet.

Es war die Musik aus einem Kofferradio, die mich keine zwanzig Minuten später auf einen Gedanken brachte, wie ich Belmondos Wagen vielleicht wiederfinden könnte. Ohne Polizei. Ohne dass ich selbst verzweifelt durch die Stadt streifen musste. Ausgangspunkt war mein Traum. Oma Else am Megafon!

Wie zu erwarten, kannte Janet beim lokalen Radio niemanden persönlich. Sie war Anwältin. Aber in dieser Funktion hatte sie in einer Scheidungssache vor Kurzem eine Frau vertreten, deren Sohn in einer Werbeagentur arbeitete. Und dieser Sohn wiederum spielte zwei Mal die Woche Tennis mit einem Radiomoderator, der täglich mit einer eigenen Sendung auf Superplus zu hören war.

»Willkommen, liebe Leute, euer Waldemar will mit euch die nächsten beiden Stunden auf der Sonnenwelle des Tages surfen.«

Ich hatte diese Sendung schon mal gehört, als Rudolf

und ich einen Ausflug in die Großstadt gemacht hatten. Janet war ein Schatz. Was sie an diesem Morgen für mich angestoßen hat, war kaum mit Worten zu beschreiben.

# Zweiunddreißig

Gegen zehn Uhr, wenige Minuten vor Beginn der Sendung kam ich in einem gläsernen Kubus mitten im Stadtzentrum an. Von hier aus strahlte der Lokalsender sein Programm aus. Eine freundliche, immer lächelnde Mitarbeiterin brachte mich durch einen langen Gang ins Studio. Lauter Kabel und Boxen und Mikrofone. Ich musste aufpassen, dass ich nicht irgendwo dagegenstieß oder irgendwas aus Versehen umwarf. Kyra konnte ich vor dem Studio bei einer Mitarbeiterin »parken«, die ebenfalls einen Hund hatte und den auch mit in die Arbeit brachte. Einen tollen, sehr männlichen Schäferhund mit wachem Blick und einem leichten Hang zum Machogehabe. Kyra war sofort schwer beeindruckt. Keck stolzierte sie auf und ab, wie ein Model auf dem Laufsteg. Ich war von einer Sekunde auf die andere abgemeldet. Aber das war auch gut so, denn ich hatte genug mit mir selbst zu tun. Gleich sollte mein Traum wahr werden, allerdings ohne Megafon, dafür mit einem Mikrofon vor Tausenden, nein Zehntausenden, vielleicht Hunderttausenden von Zuhörern. Meine Hände waren klatschnass, das Lampenfieber stieg mir bis in die Haarspitzen. Ich verschüttete die Hälfte des Wassers aus dem Glas, so zitterte ich am ganzen Leib. Espenlaub war starr dagegen.

Waldemar hatte eine tiefe Stimme, mit der er mich zu

beruhigen suchte. Ich würde schon merken, wenn es erst mal losging, würde ich die Umgebung ganz schnell vergessen, all das Drumherum, und ganz ruhig agieren. Und überhaupt, er wäre schließlich auch noch da. Ich hätte gar keinen Grund, aufgeregt zu sein. In dem Moment rutschte mir das Glas durch die glitschigen Hände und fiel zu Boden. Scherben, eine Pfütze, aber keine Zeit zum Aufräumen. Es war Punkt zehn Uhr. Der Jingle wurde eingespielt. Ein bekannter Popsong folgte. Ich sah aus wie ein Wesen aus einer anderen Welt, hatte einen Kopfhörer über den Ohren, so groß wie zwei halbe Kokosnüsse, vor mir ein Mikrofon, eine runde Scheibe wie ein Diskus. Oma Else geht auf Sendung.

Nach dem ersten Lied stellte Waldemar mich und vor allem mein Problem kurz vor und bat mich, selbst etwas zu sagen. Aber ich brachte kein Wort heraus. Das Einzige, was zu hören war, war ein »Ächz … ähm … ächz …« Nicht sehr inhaltsreich. Doch nachdem Waldemar noch mal ruhig nachfragte, räusperte ich mich, und beim zweiten Anlauf klappte es. Es war so, als würde ich mir selbst zuhören, ohne dass ich sprach. Klingt unsinnig, war aber so. Es war wie im Traum oder als hätte jemand mich hypnotisiert.

Jeder, der eine Ahnung hatte, wo der Rolls-Royce geblieben sein könnte, sollte bitte anrufen und würde dann ins Studio durchgestellt werden. Es war so aufregend.

Schon nach dem nächsten Musikstück gab es einen ersten Anrufer.

Der Anrufer stellte sich als Bernhard vor und gab vor, den Wagen gesehen zu haben. Allerdings wurden auf Nachfragen seine Hinweise immer diffuser und widersprüchlicher, sodass Waldemar schon leicht verärgert war.

Über meinem Kopf bildeten sich Fragezeichen. Schließlich kam heraus, dass Bernhard nichts anderes wollte, als mich kennenzulernen. Ich, Oma Else, war das erste Mal in meinem Leben im Radio, und was passierte: Man wollte mich, wie sagt man, anbaggern. Auf den fragenden Blick Waldemars hin schüttelte ich energisch den Kopf. Auch wenn es für Rudolf und mich offenbar keine Zukunft mehr geben sollte, so wollte ich eines ganz bestimmt nicht mehr – einen anderen Mann an meiner Seite. Ja, Rudolf wäre es gewesen. Wieder wurden meine Augen feucht. Da wurde das nächste Lied eingespielt. »Yesterday« von den Beatles. Ich hätte heulen können, aber bitte nicht vor den ganzen Menschen.

Immer wieder kamen Anrufer rein, die Ideen oder Tipps hatten, aber wirklich gesehen hatte keiner den Wagen. Dafür bekam ich Angebote für eine kostenlose Nackenmassage, jemand anderes wollte mich vegan bekochen. Eine junge Frau fragte, ob ich nicht vielleicht hin und wieder ihr Kleinkind babysitten könnte. Außerdem waren zwei Einladungen zum Blind Date dabei und eine für einen Marine-Chor, bei dem die weiblichen Stimmen in der Minderheit waren.

Nach über einer Stunde war ich schon sehr verzweifelt, ob die ganze Aktion irgendetwas bringen könnte, als Waldemars Assistentin plötzlich hektisch hinter der Glasscheibe winkte. Ihre Aufgabe war es, mit allen Anrufern kurz zu sprechen, bevor diese ins Studio durchgestellt werden sollten. Natürlich hatte dabei der eine oder andere sie leicht angeschwindelt. Nur so waren die Leute durchgekommen, die zum Thema Rolls-Royce überhaupt nichts beizutragen hatten. Waldemar sprach kurz mit seiner Assistentin, was ich aber nicht verstehen konnte, wegen des monströsen Kopfhörers auf meiner zerstörten Frisur. Dann zeigte er mit dem Daumen nach oben. Sollte ich wirklich Glück haben?

»Guten Tag, willkommen in meiner Sendung. Mit wem spreche ich denn?«

»Mein Name ist Helmut Himmelreich.«

»Schön, dass Sie anrufen. Und Sie haben eine Idee, wo der Wagen von Frau Else Westermann ist.«

»Ja, der Wagen parkt auf meinem Grundstück.«

Wie? Ich horchte auf. Wie war er denn dorthin gekommen? Die weitere Unterhaltung von Herrn Himmelreich, Waldemar und mir am Telefon ergab Folgendes: Offenbar war ich durch eine breite Einfahrt auf das Grundstück einer Villa gefahren. Dort parkte bereits der Kleinwagen der Putzfrau, die in Abwesenheit des Hausherrn das elektrische Schiebetor offen gelassen hatte. Als sie einige Zeit später aus dem Haus kam und wegfahren wollte, wunderte sie sich über den ihr gänzlich unbekannten Rolls-Royce, der da stand. Aber nach einigem Warten fuhr sie und schloss hinter sich das Einfahrtstor, wie vom Hauseigentümer Himmelreich angeordnet. Deswegen war der Wagen fortan auch von draußen nicht mehr zu sehen. Keiner konnte ihn entdecken. Herr Himmelreich wiederum war bass erstaunt, als er nach seiner Rückkehr auf seinem Grund und Boden die Limousine vorfand. Er hatte keine Ahnung, wem sie gehören könnte. Bis zu der Durchsage im Lokalradio.

Große Erleichterung erfasste mich, und auch Waldemar freute sich ehrlich, dass seine Sendung die Lösung gebracht hatte. Es war schon fast gegen Ende der Sendung, als die Assistentin hinter der Glasscheibe abermals ein Zeichen gab, dass noch ein Anrufer in der Leitung sei, der unbedingt durchgestellt werden wollte.

»Guten Tag bei Waldemar, mit wem spreche ich denn?«

Außer einem leisen Husten war nichts zu hören.

»Hallo, sind Sie noch dran?«

»Ja.«

»Und was wollen Sie …?«

»Ich …«

Auch wenn der Anrufer ins Stocken kam, war mir klar, um wen es sich handelte.

»Kann ich bitte mit Else sprechen?«

»Sie hört Ihnen zu.«

»Ach ja, klar. Else, was machst du denn in der Stadt? Und was ist mit dem Auto? Ich hab mir Sorgen gemacht.«

Waldemar sah mich verwundert an.

»Du musst dir keine Sorgen machen, Rudolf. Mir geht es nicht besonders gut, aber das dürfte dich nicht so sehr überraschen. Ich hatte mir nämlich auch viele Fragen gestellt, Fragen, die du mir nie beantwortet hast.«

»Aber du bist doch nie zu erreichen, Else. Ich habe schon mehrfach versucht, dich anzurufen.«

»Ich wüsste nicht, warum ich ans Telefon gehen sollte, nachdem ich weiß, dass du mich betrügst.«

»Was mache ich? Wie kommst du denn darauf?«

»Ha, du brauchst es gar nicht abzustreiten, ich habe alles gesehen und gehört.«

»Was hast du gesehen?«

»Ich wünsche dir und deiner Freundin alles Gute. Leb wohl, Rudolf.«

Rudolf wollte noch etwas erwidern, aber ich ließ es nicht

zu, riss mir den Kopfhörer runter und sprang um den Tisch herum, an dessen anderer Seite Waldemar saß. Mehr als verdutzt. Ich hatte in den vergangenen zwei Stunden ganz gut beobachtet, welche Regler der Moderator hin- und herbewegte. Ich wollte dieses überflüssige Gespräch mit Rudolf einfach beenden, ohne lange Diskussionen. Also zog ich einen Regler an dem kleinen Mischpult hoch, bevor Waldemar mich daran hindern konnte. Und so schickte ich das letzte Lied dieser Sendung eigenhändig auf die Reise durch den Äther.

# Dreiunddreißig

Kyra wäre wohl gerne noch ein bisschen geblieben, war sie doch inzwischen aus der Phase des Umwerbens in die Phase des sich näher Kennenlernens übergegangen. Offenbar hatte der Rüde den Dufttest bestanden. Ich nahm sie kurz zur Seite und machte ihr klar, dass man Kerlen nie trauen dürfe, egal ob es Menschen sind oder Hunde. Sie schaute mich mit großen Augen an, dann ihren neuen Lover in spe. Es tat mir leid, aber wir mussten los.

Herr Himmelreich verübelte es mir Gott sei Dank überhaupt nicht, dass ich sein Grundstück kurzerhand zum öffentlichen Parkplatz umgemodelt hatte. Den angebotenen Kaffee lehnte ich mit gebotener Freundlichkeit ab. Mir war nicht der Sinn nach Plauderei. Zwar hatte ich den Wagen wieder, aber was blieb, war der Schmerz über das Ende meiner großen Liebe. Ich wollte so schnell wie möglich in das Häuschen. Ich hatte überhaupt keine Ahnung, wo ich hinkönnte, aber eines stand für mich fest: Dort bleiben wollte und konnte ich auf gar keinen Fall.

Gerade als ich langsam im Rolls-Royce vom Grundstück fahren wollte, kam ein Mann zu Fuß durch die Einfahrt gehechtet. Es war Belmondo. Ich wurde mit einem Mal leichenblass. Ich hatte gehofft, dass er von dem ganzen Malheur nie etwas erfahren würde. Belmondo riss die Tür auf und setzte sich auf den Beifahrersitz.

»Hallo, Else.«

Ich wandte mich zu ihm. »Hör zu, ich kann dir alles erklären.«

»Es ist alles gut, ich hab's im Radio gehört, aber tu mir einen Gefallen und lass uns fahren. Wir können uns unterwegs unterhalten.«

Ganz offenbar war er in Eile. Also gab ich langsam Gas, rollte auf die Einfahrt zu, als sich ein anderer Wagen von der Seite vor uns schob und uns das Weiterfahren unmöglich machte. Dieser andere Wagen war ein Streifenwagen …

Belmondo war alles andere als reich. Er hatte zwar jede Menge Geld, aber alles auf Pump. Rudolfs Bruder war ein charmanter Scharlatan, der es immer wieder schaffte, Gott und den Rest der Welt um den Finger zu wickeln. Also Gott vielleicht nicht, aber die anderen schon. Und wenn es gar nicht mehr ging, trieb er immer irgendwas auf, um es beim Pfandleiher zu versetzen. Das war auch der Grund, warum ich Belmondo das erste Mal begegnet war, als ich Rudolf gefolgt bin. Beide Brüder waren hintereinander bei demselben Pfandleiher. Da hatten sie endlich mal eine Gemeinsamkeit.

Den Rolls-Royce hatte sich Belmondo bei einem großen Autohaus ausgeliehen … für eine Probfahrt! Die Probefahrt hatte sich aber schon über zwei Wochen ausgedehnt und konnte von Belmondo immer wieder nur unter neuen Ausreden verlängert werden. Ich würde mich nicht wundern, wenn es ihm gelungen wäre, auch Königin Elisabeth als Freundin und guten Leumund ins Feld zu führen. Vielleicht ist es auch so: Manchmal wollen die

Menschen glauben, was sie glauben wollen, und nicht sehen, was sie wirklich sehen.

Als der Streifenwagen vor uns auftauchte, war Belmondo aus dem Wagen gesprungen und hatte das Weite gesucht. Wie ein Wiesel war er losgewetzt. Man sollte uns alte Menschen nie unterschätzen. Mein Unterkiefer klappte leicht nach unten. Belmondo, der es liebte, den distinguierten Herrn zu geben, lässig, cool, nie in Aufregung, hechtete über eine Hecke, und ich hoffte, dass er sich bei der Landung dahinter nicht ein Bein brach oder sogar beide. Die Polizisten verfolgten seine Aktion überrascht, bis schließlich einer von ihnen die Verfolgung aufnahm. Der andere setzte seine Mütze auf und kam langsam zu mir. Kyra neben mir auf dem Beifahrersitz knurrte.

»Kyra, lass das, das bringt nur Ärger. Das ist die Staatsgewalt.«

Der Hund verdrehte die Augen. Ich schwöre, so war es.

Der Uniformierte deutete eine Verbeugung an. »Guten Tag, bitte steigen Sie aus.«

Wahrscheinlich war es so, dass erst mein Aufruf im Radio Bewegung in die Angelegenheit gebracht hatte. Das tat mir natürlich leid. Denn vielleicht hatte erst ich Belmondo in die Bredouille gebracht. Aber andererseits … früher oder später hätte ihm die Geschichte mit der Limousine sowieso richtigen Ärger eingebracht. Zumal es auch noch etliche andere Baustellen in seinem Leben gab, wie etwa unbezahlte Hotelrechnungen, Restaurantbesuche, bei denen er getürmt war, oder umfangreiche Bestellungen im Internet, die selbstverständlich nie beglichen wurden. Man mag ihm zugutehalten, dass er nie Einzelpersonen geschädigt hatte. Und dass er an seinem »Reichtum« auch andere beteiligt hatte. Auch wenn er den Armen etwas gab, so wäre es sicherlich nicht richtig, ihn als eine Art Robin Hood zu bezeichnen. Eine Mischung aus Krull und Münchhausen traf die Sache schon eher.

Das Gute war: Nach einigen Diskussionen und der Aufnahme meiner Personalien ließ die Polizei mich laufen. Man war überzeugt, dass ich mit Belmondo »geschäftlich« nichts zu tun hatte. Das Schlechte war: Ich hatte kein Auto mehr und auch fast kein Geld mehr in der Tasche. Und meine neuen Freundinnen Heidi und Janet wollte ich nicht noch mal um Hilfe fragen. Sie hatten mir schon so viel geholfen, hatten mir ihre grandiose Gastfreundschaft gewährt. Und eins wollte ich ganz bestimmt nicht: Rudolf anrufen. Auch wenn er mir sicher sofort geholfen hätte, wollte ich mit ihm nichts mehr zu tun haben.

Nachdem die Polizei den Wagen mitgenommen hatte, waren Kyra und ich zu Fuß durch die Stadt gezogen. Mir war schummrig, ich fühlte mich, als ob jemand permanent an meinen Beinen zog und mich so ins Straucheln bringen wollte. Mein Herz raste, aber meine Gedanken waren langsam. Schließlich setzte ich mich, etwas verdeckt von der Straße, in einem leeren Hinterhof auf einen Mauervorsprung. Ich war traurig, und auch Kyra konnte mich nicht trösten. Ach, was sage ich. Sie versuchte erst gar nicht, mich zu trösten, sondern widmete sich lieber einer Tonne mit Lebensmittelresten. Sie pickte sich den besten Knochen heraus und begann mit genüsslichem Nagen.

Nachdem ich es nach einer Viertelstunde des Sitzens leid war, mir selbst leidzutun, stand ich entschlossen auf. Na schön, ich war eine alte Frau, die wieder völlig am Anfang stand. Gut, ein bisschen Geld hatte ich noch zu Hause. Ich hatte keinen Mann mehr, keine Liebe, kein Häuschen, aber ich wollte nicht aufgeben, denn dafür liebte ich das Leben viel zu sehr.

Keine halbe Stunde später stand ich am Straßenrand mit einem großen Schild vor mir und einem ungeduldigen Hund an meiner Seite. Auf das Schild, ein Stück Pappe von einem alten Karton aus dem Hinterhof, hatte ich mit Lippenstift in roter Farbe geschrieben: »Oma Else aus dem Radio. Bitte mitnehmen!« Dahinter eine lachende Sonne.

Ich war in meinem Leben schon mal getrampt, besser gesagt, ich hatte es versucht. Also wusste ich, in welche Richtung ich den Daumen zu halten hatte. Das mit dem Schild hatte ich mir überlegt, um meine Chancen zu verbessern. Eine alte Frau mit zotteligem Hund war im Allgemeinen sicherlich nicht der begehrteste Mitfahrer. Vielleicht würde sich aber der eine oder andere an mich aus dem Radio erinnern und ein Herz haben.

# Vierunddreißig

Schon der erste Wagen hielt an. Es war ein Riesenlastwagen, bei dem ich mir anfänglich gar nicht sicher war, ob ich es überhaupt jemals ins Führerhaus schaffen sollte. Es kam mir so hoch vor wie das Matterhorn von ganz unten. Doch schließlich half mir die Truckerin, indem sie von hinten schob, während ich versuchte hochzuklettern. Kyra konnte nur lachen über die Mühsal der alten Dame. Sie sprang nach oben wie ein Hüpfball.

»Meine Truckerin« war eine Frau, aber ansonsten »ein ganzer Kerl«. Sie fluchte, wenn ihr etwas nicht passte, trank aus der Flasche, rauchte nur selbst gedrehte Zigaretten und liebte die Freiheit der Landstraße. Die Tattoos an ihren Armen waren klein und dezent, da fielen die Piercings durch Nase, Ohren und Lippen schon eher auf. Sie war, schätzte ich, so um die fünfzig. Wir hatten viel Spaß, vor allem weil sie mich auf ganz andere Gedanken brachte. Rauer Ton, herzliche Seele. Kyra genoss den Fahrtwind, der durch das halb offene Seitenfenster blies. Keine Ahnung, was der Hund aus der Luft alles für Düfte mitnehmen konnte. Aber an seiner Miene konnte ich sehen, er lebte in einem irdischen Hundeparadies.

Wenn die Zufahrt zum Häuschen nicht so eng gewesen wäre und es am Ende der Straße eine Chance gegeben hätte, so ein Riesenfahrzeug umzudrehen, ich glaube, »meine« Truckerin hätte mich bis vor die Haustür gebracht. So liefen Kyra und ich die letzten paar hundert Meter zu Fuß, nachdem ich mich mit einer herzlichen Umarmung von der Fahrerin verabschiedet hatte. Ich war mir zunächst unsicher, ob sie mir nicht die eine oder andere Rippe gebrochen hatte. Doch der Schmerz in meiner Brust ließ in den nächsten Stunden allmählich nach.

Was wollte ich? Was sollte ich tun? Ich war entschlossen, meine Sachen zu packen, zumindest erst mal zwei Koffer, und von hier wegzugehen.

Vorsichtig schloss ich die Haustür auf und horchte. War Rudolf zu Hause? Einerseits hoffte ich, dass er da war. Auch wenn er mich so enttäuscht hatte, wollte ich ihn sehen, mit ihm sprechen. Er sollte mir einige Erklärungen geben. Auge in Auge. Andererseits wollte ich ihn überhaupt nicht mehr zu Gesicht bekommen. Nie wieder. Ich hatte Angst vor einer Unterhaltung. Und war denn nicht schon alles gesagt?

Das Leben war auch in dieser Situation kein Wunschkonzert. Rudolf war nicht da. Ein Blick auf mein Handy sagte mir, dass er wiederholt versucht hatte, mich anzurufen. Und, welch ein Wunder, er schien sogar auf meine Mailbox gesprochen zu haben. Rudolf! Das musste man sich mal vorstellen.

Ich setzte mich an den Küchentisch, drückte die Taste, hielt das Handy ans Ohr. »Sie haben fünf neue Nachrichten.« Er hatte also nicht nur einmal, sondern öfter auf das Band gesprochen. Ja klar, wenn der Mensch ein schlechtes Gewissen hat, ist er zu vielem fähig.

»Else, was soll das? Warum gehst du nicht ans Telefon? Und warum antwortest du nicht auf meine Nachrichten?

So geht das nicht ... Das, das ist wirklich gemein von dir. Ich finde es echt gemein von dir, nicht mehr mit mir zu sprechen.«

Das war ja wohl die Höhe. Ich drückte die Mailbox weg. Diese eine Nachricht reichte mir. Auf die anderen wollte ich lieber verzichten. Was bildete er sich ein? Erst mich betrügen und mir dann noch Vorwürfe machen. Eine Unverschämtheit. Wutentbrannt knallte ich das Handy auf den Küchentisch und starrte ins Leere. Ich dachte nach.

In meinem Gedankensalat hörte ich plötzlich ein Klopfen. Erst leiser, dann lauter. Erst dachte ich, das Klopfen wäre in meinem Kopf, bis ich verstand, dass es von der Fensterscheibe her kam. Ich drehte mich um und sah hinter der Scheibe ein Gesicht. Dann eine Hand, die winkte. Es war Stiernacken, unser Nachbar, der hektisch geklopft hatte. Ich eilte zum Fenster, was ihn veranlasste, nur noch hektischer zu winken. Als ich das Fenster öffnete, verschwand er blitzschnell. Ich streckte den Kopf hinaus.

»Hallo?!«

»Hallo, guten Tag. Tut mir leid, wenn ich Sie erschreckt habe, aber ich brauche Ihre Hilfe.«

Ich konnte Stiernacken nicht sehen, aber hören. Offenbar hatte er sich irgendwo versteckt. »Wo sind Sie denn?«

»Hier!«

»Und wo ist hier?«

»Hier, wo Sie mich nicht sehen können.«

Ich reckte den Hals, aber ich konnte ihn wirklich nirgends entdecken. »Was ist denn passiert?«

»Können Sie mir bitte eine Decke rauswerfen?«

»Was für eine Decke?«

»Irgendeine Decke.«

»Und wozu brauchen Sie eine Decke?«

Kurze Pause.

»Herrgott, jetzt geben Sie mir bitte eine Decke.«

Glaubte denn jeder, er könnte mir gegenüber einen rauen Ton anschlagen? Erst Rudolf und jetzt auch noch Stiernacken? Nach einer kurzen Pause hörte ich seine Stimme wieder.

»Entschuldigung. Bitte werfen Sie mir einfach eine Decke aus dem Fenster, und dann werde ich Ihnen alles erklären.«

# *Fünfunddreißig*

Ich holte eine Decke, warf sie aber nicht aus dem Fenster, sondern ging zur Haustür. Ich schaute mich um, ging um die Ecke, Richtung Küchenfenster, als ich Stiernacken sah, der leicht gekrümmt unterhalb des Fenstersimses kauerte. Er war, wie ich nun sah, völlig nackt. Warum wollte mir das Schicksal neuerdings immer nackte Männer präsentieren? Erst Otti beim Arzt und jetzt Stiernacken direkt vor dem Haus.

»Was ist denn mit Ihnen los?«

Er drehte sich panisch um, riss die Hände nach unten und lächelte verlegen. »Ich hatte Sie gebeten, mir die Decke aus dem Fenster zu werfen.«

»Das hatte ich so nicht verstanden.« Wir standen uns ein paar Sekunden regungslos gegenüber – die alte Frau und der Nackte –, bis ich ihm schließlich die Decke hinüberwarf.

Stiernacken war das Opfer seiner elektrischen Rollos geworden, die, von einer Zeitschaltuhr gesteuert, sich automatisch zu bestimmten Zeiten nach unten bewegten. Nichts und niemand konnte sie daran hindern. Er hatte nach einem Saunabesuch die frische Luft im Freien zur Abkühlung gesucht. Nachdem die Rollos sich in Bewegung gesetzt hatten, hatte er noch versucht, durch einen Hechtsprung in letzter Sekunde ins Haus zu kommen, hatte aber den Versuch im Sprung abgebrochen. Was ihm geblieben war, waren Abschürfungen an den Knien, wie man sie sonst von kleinen Jungs kannte, die zu schnell auf ihrem Fahrrad unterwegs waren. Da er kein Handy dabeihatte, sah er keine Möglichkeit, außer sich in seiner pikanten Situation zum Nachbarn zu begeben.

Ich bat Stiernacken, die Decke umgeschlungen, ins Haus, sodass er telefonisch die Dinge regeln konnte, die er alle versäumt hatte. So rief er den Kundenservice der Rolladenfirma an und kündigte andererseits bei seinen Geschäftskunden, mit denen er verabredet war, eine kleinere Verspätung an. Auch einen Termin als Kunde bei der Bank verschob er. Bei dem Thema Bank horchte ich sofort auf. Da gab es schließlich ein größeres Problem zu lösen. Aber hatte ich damit noch etwas zu tun? Sicherlich nicht. Dieses Haus sollte für mich nur noch Geschichte sein. Während ich meinen Gedanken nachhing, versuchte Stiernacken ein paar Sachen anzuziehen, die ich ihm von Rudolf hingelegt hatte. Aber es war ein hoffnungsloses Unterfangen, denn die beiden unterschieden sich gleich durch mehrere Kleidergrößen. Mit einem Mantel könnte es vielleicht gehen. Mit einem Mantel wie ein Hemd getragen, oben leicht offen. Unten müsste dann die Decke als Schottenrock genügen.

Als sich Stiernacken mir so präsentierte, musste ich spontan lachen. Es sah aus wie eine Mischung aus Karneval und Zwangsjacke. Er kam ein paar Schritte auf mich zu und musterte mich.

»Was ist mit Ihnen?«, fragte er.

»Wieso, was soll sein?«

»Sie haben geweint.«

»Nein, das habe ich nicht.«

»Und die Tränen?«

»Ich habe gelacht, das kommt vom Lachen.«

»Bitte, kann ich Ihnen irgendwie helfen?«

Ich schüttelte den Kopf. »Nein, das ist sehr nett von Ihnen, aber Sie können mir nicht helfen. Niemand kann mir helfen.«

»Sagen Sie das nicht.« Er kam näher, wobei ihm im Gehen fast die Decke nach unten rutschte. Erst im letzten Moment konnte er einen Zipfel greifen. Ich hatte mich gegen den Küchentisch gelehnt, er stellte sich neben mich, legte einen Arm um mich. »Nun reden Sie schon.«

»Ich fürchte, wir werden uns hier nicht mehr sehen.«

»Warum? Ziehen Sie weg?«

»Ja.«

»Aber warum? Sie haben so ein wunderschönes Haus hier. Das dürfen Sie nicht aufgeben.«

»Es ist aber nicht mein Haus. Und ich habe hier nichts mehr zu suchen.«

Ich schniefte, er wollte mir einen Zipfel der Decke als Taschentuch geben. Ich lehnte kopfschüttelnd ab. »Bitte seien Sie mir nicht böse. Lassen Sie uns nicht davon reden.«

Er zögerte, dann umarmte er mich ganz fest. »Aber eins müssen Sie wissen. Was auch immer für ein Problem Sie haben, zögern Sie nicht, falls ich Ihnen irgendwie helfen kann.« Er lachte kurz auf. »Sie haben wirklich etwas gut bei mir.«

»Danke.«

Wir schauten uns an, als ich plötzlich den Eindruck hatte, dass mich jemand beobachtete. Ich blickte zur Küchentür. Dort stand Rudolf.

# Sechsunddreißig

Rudolf und ich standen uns regungslos gegenüber. Es war viel passiert in den letzten Stunden. Ich hatte meinen Lebensabschnitt mit Rudolf für mich beendet. Es hatte mir das Herz zerrissen. Doch nun, da ich nicht nur über ihn, über uns nachgedacht hatte, sondern er als Mensch vor mir stand, zerriss es mir gleich noch ein zweites Mal das Herz. Ich schluckte, brachte kein Wort heraus. Er trat von einem Fuß auf den anderen.

»Hallo, Else. Warum sprichst du nicht mehr mit mir?«

»Das wundert dich?«

»Ja, das wundert mich.«

»Ich denke, wir haben nichts mehr miteinander zu besprechen, denn du hast ja schon alles gesagt. Wenn auch nicht zu mir.«

Rudolf tat so, als wüsste er von nichts, runzelte die Stirn und schüttelte nachdenklich den Kopf. Erst jetzt reagierte er darauf, dass noch jemand im Raum war. Nachbar Stiernacken, noch dazu seltsam verkleidet, mit Kleidern, die Rudolf gehörten.

Der Nachbar bemerkte schnell, dass er uns besser alleine lassen sollte, und bedankte sich für meine Hilfe. Er rief von unserem Anschluss noch schnell einen Schlüsseldienst an, mit der Bitte, ihm bald wieder Zutritt zu seinem Haus zu ermöglichen. Mit einem Nicken und einem freundlichen Gruß verließ er uns. Kaum dass er das Haus verlassen hatte, trat Rudolf zu mir und wollte meine Hände fassen. Ich wich ihm aus, wollte das nicht. Ich wollte nicht, dass er mich berührte.

»Else, ich versteh dich nicht.«

»Das sagt der Richtige. Du bist derjenige, der sich in letzter Zeit so verhalten hat, dass er mir nur Rätsel aufgegeben hat. Du hast dich verändert, nicht ich. Und sag nicht, dass ich nicht immer wieder nachgefragt hätte. Aber nein, der Herr will ja lieber auf rätselhaft und geheimnisvoll machen.«

Wieder trat er einen Schritt auf mich zu, wollte mich berühren, aber ich wollte das nicht. Ich zitterte am ganzen Körper, so sehr regte ich mich auf. Nicht nur darüber, dass es eine andere Frau in seinem Leben gab, sondern vor allem darüber, dass er die Unverschämtheit hatte, mir das immer noch zu verheimlichen. Dieses verlogene – entschuldigen Sie bitte den Ausdruck – Arschloch. Und das in seinem Alter. Mein Gott, wir waren achtzig Jahre alt. Wenn man jetzt noch nicht begriffen hat, worauf es in einer Partnerschaft wirklich ankommt, wann dann? Selbst für den hanebüchenen Unsinn einer Midlifecrisis waren wir doch Jahrzehnte zu alt. Oder wollte sich Rudolf vielleicht Lederklamotten kaufen oder ein dickes Motorrad und dann mit seiner Tusnelda über die Alpen brausen – immer der Sonne entgegen?

Sie glauben nicht, was ich mir in wenigen Sekunden alles vorstellen konnte. Konkrete Bilder, die mich erschaudern ließen. Ich hätte mich auf der Stelle übergeben können. Aber das wollte ich nicht, als Dame. Außerdem wollte ich Rudolf gegenüber Stärke zeigen. Das hatte ich vor allem in den letzten Monaten, Jahren meines Lebens gelernt. Du darfst dich nie aufgeben. Und du darfst nicht kapitulieren, auch nicht vor einem Scheusal namens Rudolf. Er kaute hektisch herum. Wer weiß, wie lange seine Dritten das noch mitmachten. Das schlechte Gewissen müsste ihn eigentlich zerfressen.

»Ich wollte dich nicht beunruhigen. Deswegen hatte ich nichts gesagt.«

»Bitte was?«

»Das ist eine Geschichte, in die ich dich nicht hineinziehen wollte.«

»Ich steckte aber bereits mittendrin.«

»Das ist mir inzwischen auch klar geworden.«

»Na toll. Jetzt soll ich auch noch dankbar sein, dass du Rücksicht auf mich genommen hast.«

»Das musst du nicht, Else. Ich will nur eins. Ich will, dass du mir verzeihst.«

Fast hätte ich mich verschluckt, war ich doch gefährlich nahe an einer Schnappatmung.

Rudolf knetete an seinen Händen herum, dass er mir schon fast wieder hätte leidtun können. Doch nach einer Sekunde des Nachdenkens war mir klar: Alles, nur das nicht.

»Ich weiß, dass du es rausbekommen hast.«

»Wie bitte?«

»Ja. Ich weiß es. Aber ich habe dir schon gesagt, dass ich dich einfach nicht beunruhigen wollte. Ich bin pleite. Ich weiß nicht, wie ich das Geld für die nächsten Zinsen auftreiben soll. Aber das weißt du alles schon.«

»Ach, das Geld! Wo soll denn da das Problem sein?«

»Ich habe mir vorgestellt, wie ich dich mit in den Abgrund ziehe. Wie wir beide obdachlos sind, am Bahnhof betteln müssen.« Rudolf schüttelte verzweifelt den Kopf. Da war er wieder, der alte Schwarzseher.

Offenbar hatte Otti Rudolf inzwischen gebeichtet, dass er es mir verraten hatte. Das mit der Bank, dem Geld, der Kündigung – und dem neuen Chef. Aber darum ging es mir gar nicht mehr.

»Ich habe alles versucht, was ging.« Rudolf fuchtelte nervös mit den Händen herum. »Weißt du, ich war mir sicher, dass ich irgendwo noch eine Kiste mit ein paar alten Goldmünzen versteckt habe. Irgendwo im Haus, im Garten. Nur ein paar, aber wenigstens ein bisschen was. Ich weiß aber nicht mehr wo. Das ist die Tücke des Alters, dass man sich einfach nicht mehr an alles erinnern kann. Erst einmal liegt zu viel Erlebtes hinter einem, und außerdem arbeiten die grauen Zellen nicht mehr so, wie sie mal konnten.«

»Deswegen das ganze Chaos in der Garage?«

Er nickte. Sein Kopf bewegte sich hin und her wie bei einer Marionette. »Aber jetzt ist es raus. Du weißt, wie es um mich steht. Und um das Häuschen. Wer weiß, wie lange wir noch hier drin wohnen bleiben können. Mein Gott, Else, ich hätte dir das alles so gerne erspart. Am liebsten wäre mir gewesen, dass du überhaupt nichts mitbekommst. Du hast so viel durchgemacht, so viel erlebt, du hast dir ein Leben in Ruhe und Frieden verdient.«

»Aber darum geht es nicht, Rudolf.«

»Ja, aber worum geht es dir überhaupt?«

»Darum, dass du mich nicht mehr liebst, sondern eine andere. Darum geht es.«

Aus seinem Gesicht wich mit einem Mal jede Farbe. »Wie … wie … wie …?«

Klar, dass er keinen geraden Satz mehr herausbrachte, nachdem ich ihm das auf den Kopf zugesagt hatte.

»Ich habe dich gesehen. Und ich habe dich gehört!«

»Wie? Bitte, Else, du sprichst in Rätseln.«

»Für wie dumm hältst du mich denn?«

Es traten ihm Tränen in die Augen. Für so einen guten Schauspieler hätte ich ihn gar nicht gehalten.

»Ich will gar nicht wissen, wer sie ist. Es spielt auch gar keine Rolle mehr!«

»Aber wie ... Bist du mir hinterhergefahren?«

Ich überlegte einen Moment. »Ja. Nachdem ich erfahren habe, dass du finanzielle Probleme hast. Deswegen bin ich in die Stadt.«

»Und da hast du mich gesehen?«

»Ja.«

Er schüttelte den Kopf. »Ich versteh dich nicht. Else, Liebes, du weißt doch, wie glücklich ich mit dir bin.«

»Rudolf, ich habe genug von diesem ganzen Gerede. Und von diesen Geheimnissen. Ich will nicht mehr. Du kannst ja nicht mal jetzt ehrlich zu mir sein! Wie feige ist denn das?! Jetzt, wo du weißt, dass du mir überhaupt nicht mehr irgendwas vormachen musst.«

Ich setzte mich, drehte mich von ihm weg. Er sagte nichts, stattdessen hörte ich seine Schritte. Erstaunt blickte ich zur Tür. Er war gegangen. Einfach so gegangen. Ich stand auf, als er wieder in der Tür erschien, neben sich Kyra.

»Was redest du denn da von Geheimnissen, Else? Ich finde nicht, dass du dich da zu weit aus dem Fenster lehnen solltest.«

»Wie bitte? Was soll denn das für eine Anspielung sein?«

»Nehmen wir einfach mal meinen Bruder.«

»Was hat denn dein Bruder damit zu tun?«

»Im Augenblick sind wir beim Thema Geheimnisse und Ehrlichkeit.«

»Gut.«

»Wann hast du meinen Bruder kennengelernt?«

Ich zuckte zusammen. Daher wehte also der Wind. »Das weißt du doch.«

»Nein, ihr habt euch schon am Nachmittag gesehen. Lüg nicht.«

»Da wusste ich aber noch nicht, dass er dein Bruder ist.«

»Das kann sein.«

»Siehst du.«

»Es wäre nicht so schwer gewesen, es mir später zu erzählen. Aber du wolltest nicht. Also bitte gib mir keine Ratschläge und stell dich nicht auf ein Podest, auf dem du nichts zu suchen hast.«

Er stand wie versteinert in der Tür, während Kyra sich auf den Steinfußboden gelegt hatte und mit zwei Pfoten über der Schnauze ihr Gesicht verdeckte. Fast so, als wollte sie all das nicht mehr hören.

Und ich? Ich war sprachlos. Was hätte ich auch sagen sollen? Da hatte Rudolf recht. Seine Worte haben nicht sein Verhalten entschuldigt und auch nicht diese Tusnelda, die plötzlich aus dem Nichts in unserem Leben aufgetaucht war. Aber da, Mist noch mal, hatte er recht.

»Ich gehe spazieren. Und ich nehme Kyra mit.«

Und dann verschwand Rudolf, ließ mich in der Küche allein. Allein mit meinem Elend und meinen Problemen. Kyra kam zu mir und schleckte mir die Hände. Als sie von draußen Rudolfs Stimme hörte, die sie rief, trabte sie hinaus.

# *Siebenunddreißig*

Die nächsten paar Minuten verbrachte ich damit, wie ein Pferd an einer Leine im Kreis herumzulaufen. Ich dachte nach. Obwohl, was gab es da überhaupt nachzudenken? Für mich gab es keine Zukunft mehr in diesem Häuschen. Einen alten Baum verpflanzt man nicht. Was soll das denn heißen? Was soll denn der Baum machen, wenn er selbst merkt, dass er nicht mehr an seinen alten Platz gehört? Auch mit über achtzig Jahren wollte ich nicht aufgeben. Ich wollte auch eine Zukunft haben. Wer weiß, wie viele Jahre der liebe Gott für mich noch in seinem Köcher hat. Also riss ich mich zusammen. Brust raus und dreimal tief durchgeatmet. Es wird weitergehen.

Mit neuem Elan ging ich in den Keller. Keine Maus sollte mich aufhalten. Ich wollte meine beiden Reisekoffer, die ich dort unten vermutete, holen und darin meine wichtigsten Habseligkeiten zusammenpacken.

In der Dämmerung der Unterwelt brauchten meine Augen etwas Zeit, bis sie sich an die Umgebung gewöhnt hatten. Die schwache Glühbirne, die am Draht von der Decke baumelte, gab nur flackerndes, müdes Licht. Wo waren meine Koffer? Ich konnte sie nicht finden. Auch nicht hinter den alten Winterreifen, die ich mühsam Stück für Stück zur Seite räumte. Dafür sah ich nach und nach aus wie ein alter, zerknitterter Schornsteinfeger. Ob ich mir selbst

Glück bringen könnte? Erschöpft ließ ich mich an einem Holzregal nach unten gleiten und setzte mich auf den kühlen Steinfußboden. Die Kälte stieg durch meinen Körper. Mich fröstelte. Mein Elan, mir aus dem Dilemma selbst einen Weg ans Licht zu bahnen, war verschüttet. Wie unter einer Schlammlawine begraben. Ich blieb einfach so sitzen, apathisch und ohne Kraft, wieder aufzustehen.

Regungslos ließ ich meinen Blick schweifen. Nicht weil ich weiter nach den Koffern gesucht hätte, sondern weil es mich beruhigte. Dieser Keller war voller Gerümpel, überflüssigen Dingen. Voller altem Zeug, das sicherlich seine eigene kleine Geschichte hatte. Die alte Axt, verrostet und stumpf, das aufblasbare Kinderschwimmbecken in der Ecke, das Schaukelpferd mit nur noch einer Kufe, die Ölgemälde, mächtig und kitschig, die Meer und Schiffe zeigten. Hier unten hatten sich Spuren eines Lebens versammelt. Nein, die Spuren mehrerer Leben. Vergängliche Spuren, die wohl eines Tages auf dem Müll landen werden. Auf dem Sperrmüll.

Neben einer Tischtennisplatte, besser gesagt, der einen Hälfte – aus der anderen hatte Rudolf einen Abstelltisch fürs Gartenhäuschen gefertigt –, glänzte etwas in der Dunkelheit. Ich weiß auch nicht mehr, warum mich dieses Etwas anzog. Auf jeden Fall rutschte ich über den Steinboden zu der Ecke und fingerte das Etwas neben der Tischtennisplatte heraus. Es war eine Flasche. Es war die Flaschenpost! Vorsichtig zog ich sie heraus und drehte sie in meinen Händen. Ich war mir sicher. Rudolf hatte sie hier in der Ecke versteckt. Aber warum? Ich wollte unbedingt hinter das Geheimnis der Flaschenpost kommen und wissen, was drin war. Aber all meine Versuche, den

Verschluss aufzudrehen, scheiterten immer wieder an der Schwäche meiner Hände. Aber aufgeben wollte ich nicht, also gab es nur noch eins: rohe Gewalt.

Neben den Altreifen lag ein alter Lumpen, feucht und ölig. Damit fasste ich die Flasche und packte sie am Hals. Dann drehte ich meinen Kopf in die andere Richtung, holte aus und schlug mit aller Kraft mit der Flasche gegen die Kante von Rudolfs Werkbank. Ein Knall, Splitter. Aus den Ecken kamen aufgeschreckt Tausende von Mäusen. Auf jeden Fall kam es mir so vor, als wären es Tausende gewesen. Ich hatte den Stumpf der kaputten Flasche in der Hand und legte ihn vorsichtig zur Seite. Auf dem Boden entdeckte ich eine Papierrolle. Ich hob sie hoch und entrollte sie. Seltsamerweise wirkte das Papier im Gegensatz zur Flasche gar nicht ältlich und von der Zeit gezeichnet. Es ließ sich ganz einfach aufrollen. Ein Text, handgeschrieben. Mein Gesicht ging so nah heran, dass meine Nasenspitze fast das Papier berührte. Ohne Brille lese ich minimal besser als eine Blindschleiche.

»Liebe Else …«

Wie ein Stromschlag durchfuhren mich diese beiden Worte. Ich las sie ein zweites Mal.

»Liebe Else …«

Die Worte standen immer noch da. Ich hatte sie mir nicht eingebildet. Ich wollte unbedingt weiterlesen, aber meine Augen wollten nicht. Also hechtete ich die Kellertreppe nach oben, wobei ich in der Hektik mehrmals mit dem Fuß hängen blieb und mir das Knie aufschrammte sowie auch die Hand. Aber das war mir völlig egal. Ich spürte keinen Schmerz.

»Liebe Else, Du weißt, ich bin kein Mann der großen Worte. Dabei hättest Du die größten und wunderbarsten Worte verdient, die man sich nur denken kann. Denn Du bist das Licht meines Lebens. Nie habe ich eine Frau kennengelernt, die so viel Herz hat und Charme, so viel Eigensinn – ich meine das positiv –, und die so schön ist. Else, ich liebe Dich. Ich weiß, wir sind keine jungen Leute mehr. Wir haben wohl nicht mehr so viel Zeit in unserem Leben. Deswegen möchte ich Dich jetzt fragen. Heute. Liebe Else, willst Du mich heiraten? Bitte sag ja, und ich bin der glücklichste Mensch auf Erden. Dein Rudolf.«

# *Achtunddreißig*

Wenn die Sache mit Kyra nicht dazwischengekommen wäre und Otti nicht wie ein Geist oben auf der Klippe erschienen wäre, dann hätte ich schon vor ein paar Tagen mit dieser seltsamen Flaschenpost den wunderbarsten Heiratsantrag bekommen, der je geschrieben worden war. Was für ein Einfall! Ich liebte diesen Mann, ich wollte mein Leben an seiner Seite verbringen. Egal, was war.

Ich sauste im Häuschen herum, auf der Suche nach meinem Handy, das sich mal wieder versteckt hatte. Besser gesagt, ich hatte es verlegt, aber im Ergebnis war es das Gleiche. Als ich schon aufgeben wollte, fand ich es schließlich im Kühlschrank. Neben Kabeljau. Es war kalt, aber es funktionierte, und das Display wartete auf Eingaben. Ich wählte Rudolfs Nummer. Aber es ging keiner ran. Ich hechtete ins Badezimmer, blickte voller Entsetzen in das Gesicht eines steinalten Schornsteinfegers mit einer Art Felldecke als Frisur auf dem Kopf. Das ging so nicht. Ich musste mich erst einmal etwas herrichten. Dafür gab ich mir fünf Minuten.

Dann sauste ich wieder durchs Haus, immer wieder Rudolfs Nummer wählend. Jedes Mal hörte ich das Tuten, aber keine Antwort. Doch schließlich hörte ich es klingeln. Es klingelte auf der Bank draußen vor dem Haus. Rudolf hatte sein Handy hiergelassen. Das tat er oft. Übers Telefon würde ich ihn also nicht erreichen können. Aber wo könnte er sein? Ich musste ihn sprechen.

Ich warf mir eine Jacke über und eilte aus dem Haus. Den kleinen Weg hinunter zum Strand trippelte ich so schnell wie noch nie in meinem Leben. Meine Schritte waren kurz, aber rasant. Wie eine kleine Chinesin war ich unterwegs. Schon von Weitem sah ich – die letzten Stufen noch vor mir – Kyra unten im Wasser planschen. Von der Brandung umspült, die wieder mal mächtig war.

Als ich unten am Strand landete – mit einem beherzten Sprung hatte ich die letzte Stufe der Holztreppe ausgelassen –, kam der Hund auf mich zu und wedelte mit dem Schwanz. Pure Freude. Ich blickte mich um, aber Rudolf war nicht zu sehen.

»Kyra, wo ist er denn?«

Sie schaute mich mit großen Augen an, so als würde sie mich nicht verstehen. Vielleicht verstand sie mich auch wirklich nicht.

»Kyra, wo ist dein Herrchen?«

Der Hund bellte und rannte zum Wasser. Ich hinterher. Ich schaute über die raue Oberfläche, die Wellen bildeten Schaumkronen auf ihren Spitzen. Der Hund tollte vor mir herum. Aber Rudolf blieb verschwunden. O mein Gott, er wird doch nicht ins Wasser …

Ich trat nach vorn, sodass meine Füße im Nass standen und umspült wurden. »Rudolf!« Ich starrte aufs Meer hinaus, in der Hoffnung, von dort eine Antwort zu hören. Aber da kam keine. Stattdessen hörte ich eine Stimme hinter mir.

»Else, ich bin hier!«

Ich drehte mich um, und nun sah ich ihn: »Meinen Rudolf!« Er saß im Sand, hatte sich wohl hingelegt, von ein paar Sträuchern verdeckt, sodass ich ihn nicht sofort gesehen hatte. Ich stapfte durch den Sand zu ihm. Die nassen Schuhe zog ich aus. Ich setzte mich neben ihn. Der Hund bellte, wollte Stöckchen geworfen haben, aber das hatte Zeit.

»Ja, ich will.«

Rudolf sah mich fragend an. Es dauerte, bis ein Lächeln über sein Gesicht huschte. »Oh, du hast die Flasche gefunden.«

»Ja, es war aber gar nicht einfach, sie aufzukriegen.«

»Ich hätte sie besser nicht so fest zuschrauben sollen. Im Schraubstock.«

»Du bist mir vielleicht einer. Wie kommst du nur auf so eine wunderbare Idee?«

»Das bist du. In deiner Gegenwart ist alles toll.«

Wir beide stockten, mussten dann lachen.

»Du lernst sehr schnell, was deine Komplimente betrifft. Oh Rudolf ...« Ich streckte die Hand nach ihm aus.

Er drückte sie. Eine kleine Wolke zog über seine Miene. Er wurde ernst. »Else, bitte, es ist doch so ...« Er suchte nach den richtigen Worten.

Sekundenschnell kam mir etwas in den Sinn, das ich bis jetzt verdrängt hatte. Diese Frau und seine Liebeserklärung. Aber ich wollte nicht aufgeben, ich wollte ihn zur Rede stellen.

»Ich verstehe schon, die andere Frau. Nein! Ich verstehe nicht. Wie kannst du mir einen Heiratsantrag machen, und dann auch noch so einen wunderbaren ... und nur ein paar Tage später machst du einer anderen eine Liebeserklärung?«

»Was?«

»Also bitte, ich habe es doch selber gehört.«

»Was hast du gehört?«

»Ich kann mich noch genau erinnern. An jedes Wort. Sie haben sich alle in mein Herz gebrannt: ›Ich liebe dich, das musst du wissen. Ich weiß nicht, was ich sonst noch sagen soll. Aber ich glaube, das ist das Wichtigste … meine Gefühle für dich und deine für mich.‹«

Rudolf hörte mir mit offenem Mund zu, aber nur ein paar Sekunden, dann begann er leise zu lachen. Sein Lachen wurde stärker und lauter. Schließlich lag er vor mir im Sand, hielt sich den Bauch und fand kein Ende in seinem Gelächter.

»Ich würde auch gerne mitlachen.«

»Das kannst du. Hast du dein Handy dabei?«

Was hatte mein Handy damit zu tun?, dachte ich mir. »Was hat mein Handy damit zu tun?«, fragte ich ihn.

»Gibst du es mir, dann zeige ich es dir.«

»Nein, erst will ich wissen, was du damit vorhast.«

»Das zeige ich dir schon.«

»Nicht zeigen. Ich will eine Erklärung!«

Rudolf stürzte sich auf mich, und wir zwei balgten uns um mein Handy wie Teenager. Es war herrlich, auch wenn ich überhaupt keine Ahnung hatte, was los war. Schließlich gab ich auf. Ich bekam keine Luft mehr, aber ich wollte auch aufgeben. Sollte er doch mein Handy haben.

Während ich im Sand liegen blieb und in den Himmel schaute, hantierte Rudolf neben mir mit meinem Handy herum. Blauer Himmel, weiße Wolken, die Meeresluft, die um meine Nase blies. Ich schloss die Augen und lauschte dem Rauschen des Meeres, als sich plötzlich eine Stimme daruntermischte. Es war Rudolfs Stimme – auf laut gestellt – aus meinem Handy.

»Ich liebe dich, das musst du wissen. Ich weiß nicht, was ich sonst noch sagen soll. Aber ich glaube, das ist das Wichtigste ... meine Gefühle für dich und deine für mich.«

Rudolfs Liebeserklärung hatte mir gegolten. Er hatte eine sehr gute alte Freundin in der Stadt nur besucht, um sie um Geld zu bitten. Allerdings vergeblich. Denn sie lebte selbst immer am Dispolimit oder darüber.

Ich hatte seine Stimme mit der Liebeserklärung zwar gehört, aber nicht gesehen, wie er sie gesprochen hatte und zu wem. So hatte ich auch nicht gesehen, dass seine Worte mir gegolten hatten. Dass er sie auf meiner Mailbox hinterlassen hatte. Und ich hatte diese Nachricht nie abgehört. Denn wer konnte denn damit rechnen, dass mein Schatz mir etwas auf die Mailbox sprechen sollte?

Arm in Arm gingen mein Liebster und ich langsam die Stufen hoch nach Hause. Als schließlich unzählige Stöckchen geholt waren, zeigte sich auch Kyra mit dem Spaziergang zufrieden. Sie rannte uns voraus, wobei sie hin und wieder gegen den Wind anbellte. Ich glaube, sie freute sich mit mir, mit uns. Tiere spüren vieles.

Als wir oben angekommen einen Moment auf der Klippe verweilten, drehte ich mich Richtung Meer um. Die See war rau und der Himmel unruhig. Zwischen dichten Wolken blitzte hier und da ein herrliches Dunkelblau hindurch. Und auch die Sonne fand ihren Weg. Vereinzelte Lichtstrahlen fielen auf die Erde, fast so, als würde der Himmel mir zuzwinkern.

»Danke, lieber Robert«, flüsterte ich leise, nur zu mir, bevor ich mich bei Rudolf einhakte und wir beide eng umschlungen unseren Weg fortsetzten.

# Zum guten Schluss

Liebe Leserinnen und Leser,
nun stehe ich vor der kleinen alten Kapelle hinter dem Hafen und warte. Wir wollten für unsere Trauung unbedingt diesen Ort, auch wenn der Herr Pfarrer zuerst nicht mitmachen wollte. Die Kapelle sei schon seit Jahren nicht mehr für so eine Zeremonie geöffnet worden. Aber was soll so ein Geistlicher schon gegen die Sturheit zweier alter Trotzköpfe ausrichten? Nichts! Also treffen wir uns heute hier. Punkt Mittag zur Hochzeit. Und ich in Weiß. Ganz in Weiß. Stellen Sie sich das mal vor!

Natürlich waren auch mein verstorbener Mann Robert und ich verheiratet. Allerdings nie kirchlich, auch wenn wir das geplant hatten. Aber damals warteten wir vergeblich vor der Kirche auf den Pfarrer. Er kam einfach nicht. Er litt unter einer Blütenallergie, und als er nach einer Autopanne quer über die Wiesen zu Fuß zu uns eilen wollte, machte ihm seine Allergie einen Strich durch die Rechnung. Später hörte ich, dass sein Niesanfall über sechs Stunden angedauert haben muss. Der Arme. So kam es, dass unsere Hochzeit damals abgeblasen wurde. Und später dann dachten wir uns immer wieder, dass wir auch so glücklich miteinander waren. Warum also noch mal vor den Altar?! Tja, so war das.

Und heute? Wieder stehe ich, dieses Mal ohne meinen

Bräutigam, aber dafür mit dem Herrn Pfarrer vor der Kapelle. Wo ist Rudolf? Und wo sind Janis und Otti, unsere beiden Trauzeugen? Der Pfarrer bemerkt meine wachsende Unsicherheit und nimmt mich in den Arm. Das ist sehr nett von ihm, aber trösten kann er mich damit nicht. Ich mache mir Sorgen.

Plötzlich erscheint ein Schaf auf der Kuppe der Straße und kommt auf uns zugelaufen. Und dann noch eins und noch eins. Dutzende von Schafen. Eine, wie mir scheint, riesige weiße Herde. Unzählige Beine, ein schier unendliches Durcheinander. Unruhig blicke ich zu dem Herrn Pfarrer neben mir, aber der liest gerade etwas in seinem Handy. Moderne Zeiten. Die weiße Flut will kein Ende nehmen.

Plötzlich mischt sich ein fremder Ton unter das vielstimmige Mäh der Schafe. In dem lauten Geblöke kann ich ein Hupen hören. Und als die Schafe mit ihrem Hirten und dem Schäferhund auf die Weide abbiegen, wird ein großer alter amerikanischer Schlitten sichtbar. Vielleicht ein Cadillac? Ich sehe Rudolf auf dem Beifahrersitz, dahinter Janis mit Kyra und Otti, der winkt. Aber wer sitzt am Steuer? Es ist Belmondo, breit grinsend. Ich hatte mir schon gedacht, dass er sich irgendwie aus den Fängen der Polizei befreien würde. Aber dass er gleich wieder mit so einem Wagen auftaucht, überrascht mich dann doch. Obwohl – ich kann mir fast vorstellen, wie er das mit dem Wagen wieder hinbekommen hat. Das ist herrlich an ihm. Ich glaube, ein Mensch wie Belmondo findet immer einen Ausweg und fällt immer wieder auf die Füße.

Während die anderen aussteigen und mich anlachen, blicke ich nur zu Rudolf. Zu dem Mann, mit dem ich in den nächsten Jahren glücklich sein will. So wahr uns Gott helfe. Und wir werden glücklich sein, auch wenn es da ein paar kleinere Probleme gibt. Eine Hochzeitsreise können wir uns bei unserer finanziellen Situation nicht leisten. Dann bleiben wir eben hier. Auch gut. Und ich habe schon eine Idee, wie wir das mit der Bank vielleicht noch ins Lot bringen. Unser Nachbar, der Herr Stiernacken, ist ein großer und guter Kunde bei der Bank. Den wollen sie sicher nicht verlieren. Und wenn der ein gutes Wort für uns einlegt, dann kriegen wir das schon gewuppt mit dem Kredit. Das wird vielleicht nicht einfach, aber ich bin Oma Else. Und da gilt: Es gibt immer eine Lösung.

Aber jetzt muss ich los. Besser gesagt, rein. Die Glocke im Kapellenturm klingelt. Ich höre von drinnen schon die ersten Klänge der alten Orgel. Leicht windschief sind sie, meine ich, wie so vieles an der Küste. Glücklich drücke ich Rudolfs Hand. Ich heirate. Mit 82! In Worten: zweiundachtzig! Das hätte ich mir auch nie vorgestellt.

Ich wünsche Ihnen von ganzem Herzen einen schönen Tag und ein glückliches Leben,

Ihre Oma Else

PS: Nach der Trauung wird gefeiert. Unten am Hafen. Die passende Kapelle steht schon bereit. Aznavour und seine Freunde. Ich hoffe nur, dass Rudolf nicht auf den Gedanken kommt, auch singen zu müssen. Ich fürchte, dann müsste ich ihn über sein mangelndes Talent aufklären. Denn der Hochzeitstag soll doch der schönste Tag im Leben sein.

ENDE

Thomas Letocha

studierte Jazzklavier und Komposition sowie Medientechnik. Als Autor und Regisseur realisierte er zahlreiche Fernsehporträts und Dokumentationen und arbeitete als Producer und Realisator von Werbe- und Industriefilmen. Seit über 20 Jahren arbeitet er als Drehbuchautor, immer in Zusammenarbeit mit Andreas Föhr. Über 200 Drehbücher sind für das deutsche Fernsehen verfilmt worden. Seit einigen Jahren ist er auch als Romanautor tätig.

Mehr von Thomas Letocha:

Oma Else kann's nicht lassen. Roman
Auch als E-Book erhältlich.

Oma Else startet durch. Roman
Auch als E-Book erhältlich.

GOLDMANN
Lesen erleben